安徒生，故事的影子

杨椎梓·著

生活·讀書·新知 三联书店 生活書店出版有限公司

图书在版编目（CIP）数据

安徒生，故事的影子 / 杨稚梓著. -- 北京 : 生活书店出版有限公司, 2025. 2
ISBN 978-7-80768-467-1

Ⅰ. ①安… Ⅱ. ①杨… Ⅲ. ①安徒生 (Andersen, Hans Christian 1805-1875)- 童话 – 文学研究 Ⅳ. ①I534.078

中国国家版本馆CIP数据核字(2024)第087259号

责任编辑 苏 毅
装帧设计 范晔文
责任印制 孙 明
出版发行 生活書店出版有限公司
（北京市东城区美术馆东街22号）
邮 编 100010
经 销 新华书店
印 刷 北京启航东方印刷有限公司
版 次 2025年2月北京第1版
2025年2月北京第1次印刷
开 本 787毫米 × 1092毫米 1/32 印张 7.5
字 数 110千字 图35幅
印 数 0,001– 4,000册
定 价 69.00元
（印装查询：010–64052612；邮购查询：010–84010542）

目　录

前　言

这本书的主角无疑是一个天才，但同时代的人总称他为怪人或怪物。我更愿意称他为异类，这个词是我从他著名的崇拜者托马斯·曼那里学来的，指的是那种光凭自身存在就与大众格格不入的人，仅仅走在人群之中就会无声地叫喊出自己的与众不同，一个眼神就会让他人预感到无解的隔绝——汉斯·克里斯蒂安·安徒生。

稍晚的文学批评家乔治·勃兰兑斯称，安徒生与他的时代有种先决的和谐。考虑到这位“异类”诗人与世界截然不同的气质，你会发现这种说法出人意料地正确。安徒生幸而生活在19世纪，而不是18世纪或20世纪——前者是启蒙理性的烈日放逐专制君主的时代，后者在工业、市场和战争的暴政中喘息，生活在这两个世纪的个体，个性不得不隐蔽在强大耀眼的群体共性之后。19世纪却是一个转变中的时代，

▲
汉斯·克里斯蒂安·安徒生（*1805–1875*）。
无论照片还是画像都不能把安徒生表现为英俊的男子，他身高超过*6*英尺（约*1.85*米），长手长脚，动作笨拙，一张长脸上有双深陷的小眼睛。这副长相甚至让热衷于*19*世纪热门学科颅相学的卡尔·奥托医生产生了研究兴趣。*1819*年，奥托医生看着少年安徒生又长又大的头颅，立即断定此人是个可以引领时代潮流的天才。

18世纪知识分子对理性的极端推崇让无数叛逆的浪漫主义天才感到压抑，决心改弦易辙，用幻想和感性创造更加灵动超脱的新时代。个性的人代替了社会的人，先前推崇理性，而此时开始崇尚非理性。但人类的理性一经发现，就不会再度沉睡，它会长存于务实的城市新兴力量市民群体中，在19世纪三四十年代欧洲浪漫派大潮衰退后，内敛保守的形式再次成为主流。这个世纪最初的三四十年里，浪漫主义学者和艺术家致力于从神话、童话等民间文学碎片中构建他们憧憬的往昔乐土，务实的市民群体则在努力掌控政治实权和经济命脉，两方在冲突中交融成民族主义爆发、科技飞速发展的新时代，让半年轻半衰迈的欧洲摇摇晃晃地走向世纪中叶和下半叶的政治和工业革命。这个世纪在多种力量的相互抗衡之下经历一次次蜕变。只有在这样的岁月中，安徒生的异类气质才能既不至被埋没，又不显太过怪异不羁：对于贯穿这个时代的求索精神来说，不能被主流标签定义的天才恰是自己活生生的样例。

所幸安徒生生活在19世纪，他属于自己的时代，正如时代属于一大批像他一样的异类天才。他对自己那个风起云涌的大时代踌躇满志，对很多新思想新技术满怀憧憬，关注欧洲政局变化，成名后不断流连于欧洲各宫廷，在王公贵族面前朗读自己的童话作品，志得意满。另一方面，他相信宿命论，认为自己深陷于家族命运的囹圄之中，常常因回忆家族往事而忧郁气馁，他的父亲和祖父去世前患有精神病，母亲酗酒而死，他不止一次在日记或信件中吐露自己对家族命运的畏惧，独自瑟缩在黑暗角落中，哀叹自己的命运。他自傲又自卑，这复杂的人格很可能源自父母双方大相径庭的世界观对少年安徒生施加的截然不同的影响，父母二人分别来自理性和迷信这两个世界，两方天地终其一生都在争夺安徒生的精神世界。

安徒生于1805年生于丹麦第二大城市——菲英岛上的欧登塞，按照作家自己的说法，他出生在一间空乏却充满爱意的小屋子里。不过，他的父母是否真的那么相爱，后人永远说不清。安徒生的父亲汉斯·安徒生是个“有奇妙天赋”的青年鞋匠，心灵手巧，喜欢读书，曾经梦想上大学改变命运，却穷困潦倒，终生不得志，连自己的鞋店都没有，只能靠给人打短工谋生。这个对儿子充满爱意的沉默男人每周日都带着儿子在林间小路漫步，让小安徒生接触自然，他常常给儿子读寓言和童话故事，给儿子制作各种玩具，是个和贫瘠匮乏的生活环境格格不入的人，失意的生活也没有磨灭他身上启蒙主义者的理性批判精神。安徒生在自传中写过一件令他印象深刻的往事，有一天，父亲打开《圣经》说，基督是个跟我们一样的平凡人，把虔诚的妻儿吓得不知所措。汉斯·安徒生不迷信上帝，崇拜的是凡间天才拿破仑，渴望用人类的理性和力量改造世界，在战场上实现英雄梦想，终于在1812年代替一个富裕农家子弟应征入伍，加入了支援拿破仑的丹麦皇家军队第五团第三营，于1813年9月随队伍前往荷尔施泰因，准备和达武元帅率领的法国部队汇合，与德意志及瑞典敌军作战。然而，这支队伍终于到达荷尔施泰因时，战争已经结束。1814年，除了漫长的行军和几场小规模战斗外什么都没经历的汉斯·安徒生回到家乡，变得比往昔更加内向消沉，再加上行军途中身体受损，鞋匠汉斯在生命的最后一年中卧床不起，精神状况也出了问题。安徒生的父亲死于1816年4月，仅活了33岁，他的死给安徒生的生活带来了第一次打击，用小说《生存还是毁灭》中失去父亲的主角尼尔斯·布里德的话说，“天都快塌下来了”。

充满理性的父亲曾热烈地渴望入世，但一生中所有志向都没有实现，终归是一个有梦想的失败者，郁郁寡欢地死去。这对同样从小充满成名梦想的安徒生来说无疑是震撼又悲哀的，让他对自己的未来产生了一些宿命论的看法。这些迷信的念头显然并非来自启蒙主义信徒汉斯·安徒生，而是来自安徒生的母亲安娜·玛丽·安德斯达特。

安娜·玛丽·安德斯达特比丈夫大十岁，是一名底层妇女三个私生女儿中最大的一个。幼时被母亲打发到街上去当乞儿，为了谋生还当过女佣、打过短工，大概有过几段短暂的浪漫史。读者可以在安徒生的童话《她是一个废物》中隐

▲

安徒生故居位于汉斯·延森街*45*号（Hans Jensens Stræde *45*），
不过，诗人也可能出生在另一座位于
邦斯路*29*号（Bangs Boder *29*）的房子里。
*1905*年，为庆祝安徒生的百岁诞辰，
欧登塞市政府聘请建筑师延斯·威廉·彼得森为他的故居进行修复，
再现建筑原貌，并把房屋改造成博物馆。
与安徒生交好的梅尔希奥尔家和柯林家为博物馆捐赠了大量物件。
*1928*年，欧登塞市政府买下了博物馆附近的几栋房屋，
后对博物馆进行好几轮扩建改造。如今的安徒生故居
不是一个传统意义上的博物馆，而更像一个关于诗人的传记和文学博物馆。

约看到这个艰难一生的女人和汉斯·安徒生结婚前的影子。婚后，没有文化的安娜·玛丽靠给人洗衣服挣钱补贴家用，在河边劳作时有时会带上儿子。母亲劳作时，小安徒生常在一旁唱歌，清脆的童声每每受到其他劳动者的称赞，大家在劳作之余给这个孩子讲了不少粗犷奇妙的民间故事，让安徒生在一个充满了民间迷信的氛围中成长。鞋匠丈夫去世后，安娜·玛丽又结了一次婚，但仍然过着贫穷的生活，而且第二任丈夫也很快于1822年去世。她唯一的儿子已于三年前前往哥本哈根追逐梦想。安娜·玛丽晚年和《她是一个废物》中的洗衣妇一样染上酒瘾，无法工作，再次沦为乞丐，1825年被收容所接收，1833年死在那里。这段时间里，母子二人绝少见面（安徒生的自传只记叙自己1832年夏天与母亲见了一面），母亲曾多次找人代笔，写信求在哥本哈根慢慢闯出名堂的安徒生给自己寄钱。她晚年住进了“博德医生”贫民院，1833年10月7日去世，直到那年的2月，还在生前寄给儿子的最后一封信中感谢安徒生资助的一个银币。

得知母亲去世消息时，安徒生正在意大利游历，为好友爱德华·柯林对自己心血之作——戏剧诗《阿格涅特与海人》的不屑一顾而痛心，于是在南国热情放浪的艺术气氛中寻找迷醉和抚慰，以求忘记友人的伤害。母亲的死讯令他震惊，却没表现出太多悲痛，写给友人亨丽埃特·伍尔夫的书信语气也有些怪异："她的处境非常糟糕，我却为她基本上做不了什么，这也总使我痛心不已，但我不曾向任何人提起！现在，上帝把她带走了，身为儿子，我非常感激这一切，可这也让我非常难受，现在，真的只有我一个人了——在这世上再没有一个人生来就爱我了。"[1]这些苦涩的句子仿佛在为至亲之人解脱苦难而欣慰，又隐隐约约在控诉亲友背离。

安徒生并没忘记童年时代父亲的关爱和母亲的照料，以这两人为原型的角色将一次次地出现在他的童话和长篇小说中，直至人生尽头（如带有自传色彩的小说《幸运的培尔》)。离开欧登塞后，作家用这种绝情的态度对待亲人，很可能是因为，母亲代表的正是欧登塞故乡，以及青年安徒生急于抛弃的一切过往。菲英岛上的童年经历，在安徒生心中恐怕远不像他在自传中写的那样，是段纯真的幸福时光，而是导致了伴随他大半生的自卑。安徒生一家人出身卑微，父系家族还有遗传性的精神病，幼年安徒生曾目睹祖父发病时的样子，留下了挥之不去的阴影。不仅如此，安徒生理性的父亲去世前也表现出了精神病症状，最终在失意和病痛的双重折磨中凄惨死去。多年后，成为著名诗人和作家的安徒生仍然曾在一个低落的时刻写信给友人，暴露自己心底的角

[1] 1833年12月16日致亨丽埃特·伍尔夫信：https://andersen.sdu.dk/brevbase/brev.html?bid=719（访问于2023年9月17日）。

落："让我震颤、让我在个别时刻一想起来就浑身刺痛的，是不幸诗人的结局。我祖父精神衰弱，我父亲去世前不久也成了那样。这样您就明白了，就像卡尔斯滕·豪赫作品中不幸者的结局那样——他那样的结局，那就是我的写照。一想到读过的这些东西，我一条最隐蔽的心弦就受到了触动，让我充满不安。"[1]回忆童年往事对于安徒生来说无异于一种重负，这些往事也只能讲给几个最亲密的友人听。

令安徒生满心耻辱和恐慌的不只是父系家族的疯病。19世纪下半叶的社会研究者哈夫斯特罗姆曾在菲英岛调研，称这里的人过着堕落的生活。安徒生出生之时，欧登塞大约有6000人口，其中有一半人生活在赤贫中，众多底层女子不得不靠卖淫谋生。再者，和欧洲各大都市相比，菲英岛民风奔放，人们的市民道德观念不强，此处的婚外性接触多于同时代丹麦其他地区，私生子相当寻常。安徒生外祖母的三个女儿都是私生女，其中一位当过老鸨，少年安徒生曾在她的妓院留下不小的心理阴影。而母亲安娜·玛丽·安德斯达特也曾在婚前生下一个女儿：安徒生的异父姐姐卡伦·玛丽·罗森文奇，这是母亲去世后，诗人和菲英岛故乡的最后一点血缘关联。安徒生只身一人前往哥本哈根后，常常担心

---

[1] 1845年9月16日致贝恩哈特·塞维林·英格曼信：https://andersen.sdu.dk/brevbase/brev.html?bid=3778（访问于2023年9月15日）。

这位被他称作“我母亲的女儿”的姐姐突然出现，为此提心吊胆十几年，直到1842年，卡伦的来信真的寄到安徒生手里，她的丈夫和她本人也分别来访寻求资助，安徒生才从这份忐忑中解脱出来。随后卡伦再次销声匿迹，1846年，47岁的她死在哥本哈根的一家妓院里，也没能摆脱自己家族女性的不幸命运。安徒生绝少对他人提及这个姐姐，但“卡伦”这个名字出现在《红舞鞋》和《她是一个废物》这两篇童话中。两篇童话都以德行有亏的女子为主角，作者让命运惩罚她们，又托信仰和死亡赠予她们温柔的安息。

少年安徒生想逃离的就是这些对菲英岛的记忆：贫穷、堕落、疯狂、迷信、愚昧。故乡并非从未给他留下美好的回忆。他曾站在河边为母亲的洗衣妇同伴们纵情歌唱，被那些朴实的底层百姓称为菲英岛上的夜莺；曾从这些人口中听来许多民间传说和童话，听到智慧又公正的上帝对世界万物的安排；也曾独自漫步在欧登塞城郊的树林里，和花木虫鱼畅谈心事，感受父亲般的和蔼上帝在万物中的气息，这个世界广阔又狭小，灿烂又孤独。但他知道，如果留在那里，他会像母亲一样，陷入迷信的深渊，或者像父亲一样，等着梦想一个接一个地破灭。所以他选择离开故乡，到哥本哈根这个更广大的舞台上追逐梦想。然而故乡如噩梦般牵扯着他。安徒生像早逝的父亲一样渴望获得社会地位和世人认可，希望融入哥本哈根市民社会，但母亲和故乡混沌的迷信和单纯的善恶观，注定了他无法接受市民世界的秩序；父亲对进步的推崇让他对现代科技充满好感，母亲的万物有灵论又让他把科技视作上帝力量的证明；他无法停滞在任何一种秩序之中，让自己被规则和无数回忆束缚，他终生喜欢旅行，尤其是和年轻友人一起去兼具如画风光和历史文化的南国旅行，橙花飘香的意大利除了意味着肃穆的废墟和旖旎的风景之外，还是一个空气中满溢感官刺激的欲望国度。残破雕塑的睡梦、古罗马废墟背后的死亡，还有让人无法自持的情色放浪——南国同样与精神世界的休眠及肉体领域的极致联系在一起，这诱惑着他心中渴望混沌和放纵的那一面，又让注重精神的警醒和纯洁的另一面害怕。因此安徒生一生都在路上，29次出国旅行，8次前往意大利，但总会回到哥本哈根的住所，穿上舒适的晨衣，书写以市民生活为原型的“物童话”，等待信使登门，带来读者反馈和报纸对自己新作的评价。

就连他的文学创作也受到这两种截然不同的影响的拉扯。初到哥本哈根时，安徒生渴望的是在戏剧方面有所成就，可以直接教化大众的戏剧无疑是启蒙主义时代的欧洲最重要的文体。但事实证明，安徒生作品中最著名的还要数童话，他同时是个出色的抒情诗人，其诗作多次被谱成歌曲，在整个斯堪的纳维亚地区流传，几部游记——尤其是童话集般的《在瑞典》，也是富有诗意的佳作。他的长篇及中篇小说如今已大多被人遗忘，数部戏剧作品更是首演之时就遭到恶评。小说和戏剧是两种重在人物剖析的艺术，要在这两个领域成为大家，作者的洞察力、反思及自控的能力和对环境的掌控力必不可少。根据同时代人的评价，安徒生才华横溢，充满激情，却常常受到自身泛滥情感的左右，无法用敏锐的理解力和旁观者的冷静心态分析事物的精神本质，不善于把握角色心理和性格，反而惯于把自己的某些特征在笔下角色身上加以放大，从而创造出一些没有烟火气息的理想化人物，让作品成为自己自传的强化和补充。直抒胸臆的诗歌和以精彩情节及奇妙氛围取胜的童话显然是最适合他的两种文体。

一边渴望进步和荣誉，一边陷于混沌和迷信，这个游走在两个对立世界边缘的男人才是我们熟悉又陌生的安徒生真正的模样。诚然，安徒生是一个变革者。他是最早意识到现代科技对民族构建重要意义的丹麦人之一，从同时代大批在历史和民间传说的故纸堆中搜寻丹麦民族根源的学者和艺术家中脱颖而出，也对童话这一传统文体的市场化和通俗化作出了不可估量的贡献，但他并不打算顺应新事物的发展，而是希望把一切纳入宗教体系中，用上帝解释世间万物。在理性和迷信这两个世界中，前者指引他独身一人在广阔的天地间迈出脚步，引领他一路前行，但后者是他心灵栖息的家园，对他的影响更是无法估量。而且，随着年岁越来越大，这个孤独的“异类”越发渴望神灵的庇护，安心地把自己交付于上帝为这世界所做的合理安排，在乘着时代的巨轮前往工业化和现代化的欧罗巴，向逐渐远去的宗教信仰伸出双臂，最后一次成为逆潮流而行的异类，并化作在童话书中歌颂信仰和爱的永恒。

安徒生一次次为自己立传，希望世人记住自己从底层少年一步步走上荣耀巅峰，成为欧洲贵族名流座上宾的“美丽童话”，但大多数人只记住了他笔下的丑小鸭和美人鱼，更不会知道，促使他写下那些独特故事的，是他对城市市民身份长年的求而不得，是他虔诚质朴的宗教情怀和对“童真”的炽热憧憬，是他面对爱和情欲的畏惧和自卑，是他游历诸国、见识了当时最新的科技和观念后对爱和信仰这些最隽永字眼的反思，是一个身处新和旧、理性和情感、秩序和混沌之间的人时时刻刻体会到的渴望。

或许，你还没有读过安徒生人生中的这些篇章。

第一章

进退两难的哥本哈根市民生活

“1819年9月6日，周一早上，我从弗雷德里克山上第一次看到了哥本哈根；我在那里从车上下来，拿着我的小包裹穿过公园、长长的大街和城郊，进了城。整个城市都在动着，条条街上都是熙熙攘攘的巨大人群；然而这一切嘈杂喧嚣并没有让我吃惊，这正符合了我之前的想象，哥本哈根这座对于我来说就是世界的城市，就得永远是这样的杂乱躁动。”[1]

这个日子被欧登塞底层少年安徒生称作自己的第二个生日。他带着无限的才华和抱负只身来到丹麦王国的首都哥本哈根，身上只有13王国塔勒，交完房费后几乎一贫如洗。但此时的安徒生感觉梦想近在咫尺。他的梦想很单纯：

---

[1] Wolfgang Mönninghoff: *Das große Hans-Christian-Andersen-Buch*, Düsseldorf/Zürich: Patmos, 2005. S. 63.

19世纪的欧洲最重要的文化概念之一。丹麦语的“市民”（borger）来自低地德语，含义和德语中对应的Bürger类似。这个概念的两个前身分别是古希腊罗马有政治权利和家庭权威的城邦/城市公民（古希腊的polis和古罗马的civitas），以及中世纪从事经济相关行业的城市居民（如商人和手工业者）。近代的“市民”概念融合了古典时代的政治诉求和中世纪的经济收入这两方面意义。但法语的“市民”概念被分成侧重于经济收入的bourgeois（布尔乔亚）和侧重政治诉求的citoyen（公民）两个词，德语/丹麦语则把两个方面归在一个词中，让Bürger/borger成为一个涵盖面甚广的概念。

安徒生来到哥本哈根时，这座城市的市民掌控着大量经济资产和国家各级行政单位要职，却没有法国公民那样张扬叛逆的政治诉求。和曾经将君王推上断头台的巴黎市民相比，哥本哈根市民从17世纪中叶君主专制时代开启之际起就和国王保持着互助互利的友好关系。1660年的哥本哈根三级会议上，正是市民和僧侣们一同为国王提供了世袭制和新税收法等议案，帮助国王弗雷德里克三世推翻了封建贵族的寡头统治，成为专制君主。弗雷德里克三世也提供给市民购置和租赁地产以及有资格从政这两种权利以示报答。跟保守的封建贵族相比，接受过更多理性和实用主义思想教育的市民自然更有掌管政治和经济事务的能力，很快，一批出身市民和低等贵族的官员担任了政界要职，取代了旧时的封建贵族，成为地位仅次于国王的精英和新贵。

丹麦的封建制度并未在17、18世纪得到完全取缔，它保留在农村的租佃制度中。大量农村劳动力被束缚在封建地主手中，使用落后的生产方式和设备从事农业生产，既无法让粮食产量大幅度提高，也无法脱离田地，给城市里新兴的工业提供劳动力。这使得哥本哈根等地的工业生产在18世纪根本竞争不过英国。1800年，国王取消了工厂的补贴后，哥本哈根的大部分制造厂都破产了。拿破仑战争以前，哥本哈根经济的主要来源只有农业和远洋商贸业。18世纪下半叶，丹麦拥有欧洲最大的商船队之一和政治中立国的便利旗帜，丹麦商人和船主在英国和法国的殖民地之争（1756—1763）、美国独立战争（1776—1783）以及法国大革命年间渔利甚多。丹麦又和另外几个中立国联盟，保证自己的船队不受到战船的劫掠。再加上17世纪占领的小片殖民地也为哥本哈根输送大量殖民地产品，哥本哈根一跃成为名副其实的繁华国都。不同于门槛较低的工业，从事远洋商贸需要大量资本，国王、商人、地主和高官可以通过投资和购置商船获得大笔利益，城市贫民却很难借此机会改善生活、提高地位。因此，和乘着工业革命的东风扶摇直上的英国资产阶级新贵相比，丹麦市民群体结构相对保守固化。

此时的市民群体掌握着商业这个支柱产业，拥有自己的商船队和大笔资金，甚至脱离了远洋商贸公司以确保利益最大化。另一方面，国家从上到下的各级管理权也紧握在市民群体手中，大量出身市民家庭的人员凭借才干担任政府高官，在地方上，丹麦取消封建采邑制、转而使用郡这一行政单位后，郡长一职虽然往往仍由封建贵族担任，行政实权却掌握在出身市民群体的郡法庭文书和各级下层官员手中。这一来，丹麦的经济政治命脉都牢牢掌控在市民手中，国君反而逐渐失去了对臣民的控制，越发边缘化起来。

19世纪初，拿破仑战争（1803—1815）的阴霾笼罩着整个欧洲。因丹麦暗中给法国商船提供便利条件，英国皇家海军1807年炮轰哥本哈根，丹麦因而加入了拿破仑阵营，结果却是在拿破仑战败之时和法国一同成为战败国，把丹麦—挪威共主国的半壁江山——挪威割让给战胜国瑞典。战后，丹麦的经济完全崩溃，国家破产，曾经引以为傲的军舰和武装商船要么毁于皇家海军的炮火，要么沦为英国人的战利品。此时的哥本哈根百废待兴，但市民因军事和政治失利而灰心，显露出保守自私的一面。他们不再热衷于军国政事，而是回归家庭和个人，用二十多年的时间重新构建自己的生活。19世纪上半叶的哥本哈根，能够重新调动市民情绪的只有文化和思想，剧院成了市民精神生活的中心，也让便于传播启蒙思想的戏剧和轻歌舞剧成为当时的哥本哈根最受市民欢迎、最受批评界重视的艺术形式。这些剧目诙谐幽默，充满了启蒙主义积极开明的人文主义精神，正符合了这一时代市民的精神面貌：理性、务实。正在从专制国君的臣民转变为个人命运的掌舵者，发现了个人主义的新天地后，对新生活充满希望。

不仅如此，早在从事远洋商贸时期就游历全欧，接受过启蒙思想熏陶的市民在哥本哈根组成了读书会等文化沙龙，在城市里传播西欧启蒙主义思想精髓，创办了一批报刊（如今天仍在发行的《贝林时报》），引领对一切旧传统加以批判性审视的公众潮流，让人们对贵族特权、公民群体中存在的不平等、农民的处境等社会性议题进行反思。和其他欧洲国家相比，这个时代的丹麦统治当局对这些激进思潮比较宽容，丹麦文化生活得到了前所未有的发展机遇。特别是受到启蒙运动和德国浪漫派文化影响的文学领域涌现了一大批重量级人物，他们被称作丹麦“黄金时代”的领军人——那就是亚当·厄伦施莱格尔、安徒生、索伦·克尔凯郭尔等人。

当然，初到哥本哈根的14岁少年安徒生跟“黄金时代”还没有什么关系。他面前只有一堵市民社会的铁壁。安徒生不属于市民，这是他的“原罪”。他是底层人士，又是游离于普遍秩序之外的艺术家——在哥本哈根的市民世界中，这是双重的“异类”身份。

安徒生确实出生在丹麦第二大城市欧登塞，但他的父母分别是没有自己作坊的鞋匠和两个贫民的私生女，属于打短工者和底层贫民。这个家庭没有资产，按照丹麦律法，没有资产就没有政治权利。因此，安徒生从硬件上就不具备被称作“市民”的资格。另一方面，作家早早地展现出不拘一格的艺术表现力，并不敬重顽固死板的学院派艺术。对于他来说，“市民”意味着欧登塞的富有商人、手工作坊主、学者和官员——即他因为出身底层无法成为、出于天才艺术家的优越感不屑成为的那群人。

那么，“市民”究竟是什么人呢？

18世纪上半叶，随着启蒙运动的兴起，不同于蒙昧的“百姓”，兼有独立自由和变革精神意味的“市民”成了时代精神的象征，反过来，“市民”概念的流行又能体现启蒙运动的影响力和对社会的重要意义。这个时期，“市民”指的是具有法律权利的城市居民，且独立于贵族、僧侣和农民，又是一个国家的臣民，共同构成一个具有社会属性的集体，不同于自然人。可见，“市民”一词涵盖的范围已经大大扩充，甚至近代以前独自构成一个阶层的知识分子也可以并入“市民”之中。鉴于“市民”既体现人的独立自由精神，又体现了人的社会属性，代表了一切让人之所以为人的东西，在现代语境中，“市民”倾向于代替“人”这一概念。[1]

“市民”概念中的阶级和社会群体意味较为模糊，它是

---

[1] Manfred Hettling, “Bürger/Bürgerlichkeit”, in Heinz Thoma (Hrsg.): *Handbuch Europäische Aufklärung*, Stuttgart/Weimar: J. B. Metzler, 2015. S. 123–131.

一个经济及政治概念，更是一个文化概念。所谓的市民群体并不是宗教和政治派系那样统一的社会团体。“市民”由一群在出身、社会地位、经济收入和文化传统上没有共同之处的官员、学者、商贩和城市手工业者组成，很难把这个群体描述为具有共同政治诉求和经济水平的阶级或团体。

维系着这个松散群体的不是特定制度或者等级秩序，甚至不是一种单一的价值观——毕竟市民价值观本身就充满矛盾，人们既注重精神又追求物质，恪守道德又热爱精神自由，既具有个体的独立性又以公共福利为目标，既具备毫不功利的创造力又习惯于遵循功利的理性，既重视情感又重视理性。作为一个启蒙时代的流行概念，“市民”对某种理想化的、具有象征意义的秩序本身的共同追求让这个巨大的群体中存在一种向心力。这种抽象的“秩序”指的是人类改善自身就可以获得进步和成效的因果秩序，它昭示着历史的进步性以及人类对自身力量的信心，深深镌刻着启蒙主义时代人类乐观精神的烙印。市民对这种秩序的认同和追求让自己成了一个有序的群体。

可见，与其把“市民”称作一个阶级，不如把它看作一种精神面貌，用那些体现群体追求的理想化美德描述市民群体。和“市民”联系在一起的理想化特质包括但不限于勤奋、节俭、诚实、有责任感、坦率、有同情心、友爱等。这些具有生活气息的标签让19世纪末的尼采等艺术家、哲学家将“市民”和“艺术家”这两个概念对立起来。尼采等人认为，和感伤自省的艺术家相比，市民仍旧积极乐观地相信自己的力量，代表着天真且蒙昧的生命。本身也出身市民家庭、深受尼采影响的托马斯·曼撰写了一系列艺术家小说探讨艺术家和市民之间不可逾越的意识鸿沟，在小说《托尼奥·克勒格尔》（1903）中把市民赞为明朗温暖、充满友爱的生命，是流连于炽热短暂情感漩涡和没有生命力的冰冷艺术之美的艺术家不可触及的领域。

尼采和托马斯·曼时代的“市民”固然是个具有忧郁伤感的乌托邦意味的符号，但18世纪启蒙时代的“市民”概念也未尝不是一种乌托邦式的生活和精神理想。“身为市民意味着正在成为市民。”[1]市民必须不断地提升自己，以示自己对秩序的追求，永远处于一种不断进步的过程中，是一个尚未也永远不会完满的理想。在这个追求理想的过程中，物质条件、精神追求和秩序的约束缺一不可。因此，学校教育对于市民来说至关重要，教育让人规范理性，摆脱荒诞不羁的幻想和冲动。想要在市民社会发展个人事业，必须接受学校教育。小至提升自身修养素质，大至从商从政，引领整个社会进步，都少不了学校教育对人类精神的规范。

[1] Manfred Hettling, “Bürger/Bürgerlichkeit” S. 123–131.

憧憬和碰壁

14岁的安徒生来到哥本哈根后，为了得到名流提携，贸然敲开舞蹈家沙尔夫人、评论家克努特·林恩·拉贝克、剧院经理弗雷德里克·康拉德·冯·霍尔斯坦、指挥和导演吉亚塞普·西伯尼和作家加斯特·马赛厄斯·蒂勒等皇家剧院名流的大门，不顾对方的惊愕，自顾自地表演朗诵和歌舞，展现自己粗砺的诗才。他得到了对方的喜爱和赞叹，被这些市民世界精英视作一个内心纯洁的野孩子、一块未经打磨的璞玉和有趣的展览品，却不会得到真正的认可和重视。

理由很简单，安徒生少年时期没有接受过正规的学校教育，只是跟着几位教师上过一些私塾课程，在父亲那里听过一些故事，又在母亲的底层同胞那里接触了原始的宗教观念。这让他初到哥本哈根时处处碰壁。来到哥本哈根后十几年间，安徒生常常被他人斥为“没有仪态”。他在自传中记叙自己的这段岁月时，多次提起别人建议自己接受教育、完成学业：

> 每天我都听人说，上学是多么好的事，如何如何重要，再说，对我也绝对必要。人们鼓励我上学，甚至有好多人因为我不上学而责骂我。他们认为上学是我的本

▲
“巴克胡斯”（Bakkehuset，意为“山屋”），始建于16世纪20年代，
位于哥本哈根弗雷德里克山，1802年被学者、批评家和剧作家
克努特·林恩·拉贝克（1760—1830）买下后，
成为哥本哈根文学家和知识分子常常光顾的社交中心。1802至1830年间，
拉贝克及妻子卡玛在“巴克胡斯”举办了无数场文化沙龙，
成为卡玛的妹夫亚当·厄伦施拉格尔、
诗人延斯·巴格森、学者保罗·马丁·莫勒、
诗人贝恩哈特·塞维林·英格曼等人聚会的场所。海博格夫妇和思想家、
诗人尼古拉·弗里德里克·塞维林·格伦德维格也曾在这里消夏。

分，不然我会一事无成。[1]

接受中等教育、最终成为大学生并不是安徒生最初的计

[1] [丹麦]汉斯·克里斯蒂安·安徒生《安徒生自传：我的童话人生》，第38—39页。

划。这位后来的著名作家一向看重天才多于教育，往往凭借从自然中获得的灵感进行艺术创作，并不是坐在书房里冥思苦想的学究型人物。他一向自比为厄伦施莱格尔歌剧《阿拉丁或神灯》中的同名主角、象征天才诗人的阿拉丁，剧中与这位主角对立的反派角色正是冷酷的学究努勒丁。市民对抽象“秩序”的追求正好与安徒生对自然、想象力和天才灵光的重视相反。

然而，就连如安徒生父亲般的提携者尤纳斯·柯林都建议安徒生接受教育（我们很快就会讲到和这个人有关的故事），哥本哈根文化中心“巴克胡斯”的主人克努特·林恩·拉贝克等人更是劝他暂时放弃诗歌和艺术创作，因为这些受到启蒙思想熏陶的典型市民精英相信，他的艺术作品中充满了陈腐伤感的思想，必须用理性和自制力加以改善。这些批评指责和与原本的设想完全背道而驰的建议给满腔热忱的安徒生泼了一盆又一盆冷水：“这让我大吃一惊，简直无法言语。我的人生会出现这样的转折点，以前哪怕半刻都没想到过。”[1]再加上在柯林为他安排的斯拉格尔斯文法学校求学期间对死板专横的教师迈斯林先生的不满和畏惧，安徒生不仅对自己的才能产生怀疑，担心自己无法成名和实现理想，面对哥本哈根市民群体时还产生了一种挥之不去的自卑感。

---

1 [丹麦]汉斯·克里斯蒂安·安徒生《安徒生自传：我的童话人生》，第42页。

从本质上看，安徒生不容于哥本哈根的市民群体，并不是因为贫穷或低微的出身本身：1836年一年间，这位年轻作家就已经凭借小说《O.T.》的出版和畅销过上了有稳定收入的中等市民生活，但仍然不断在市民群体中碰壁。安徒生和市民群体的分歧在于缺乏理性教育的“异类”与注重理性教育的市民群体间大相径庭的价值理念。安徒生无法接受维系市民阶级的秩序——通过理性教育而进步，从而换取社会地位。市民阶级也不认同安徒生用天赋决定各人地位的秩序观念。正如安徒生在童话中用鸭群中的天鹅、向往陆地的人鱼和天生少了一条腿的锡兵所做的譬喻所示，这种价值观念上的巨大差异是无法通过改善经济状况或社会地位而消除的。

作为市民世界中的“异类”，安徒生处于恐慌和自卑之中，感到自己的存在岌岌可危，必须靠他人的提携才能维系。正因如此，这位丹麦作家喜欢结交名人。巴尔扎克、雨果、狄更斯、亚历山大·冯·洪堡、李斯特……他在自传和日记中不吝笔墨地记叙这些当世名人和自己的交情，如数家珍般列举他们对自己的赞美。他直到功成名就后仍然相当敏感，异常在乎别人对自己的评价，像个孩子一样为每一句赞美而欣喜骄傲，也为别人的每一句批评和讽刺愤恨不已，多年不忘。即便在艺术上已然不朽，他还是近乎偏执地追求他人的肯定。反过来，他努力结交的这些名人私底下对他的评价往往不尽如人意：这位丹麦诗人外语水平一般，不懂得欧洲中产和上流社会的许多礼数，举止可笑，性格也过于感伤执拗。比如，安徒生于1857年在英国作家查尔斯·狄更斯家住了五周，很难想象这期间发生了多少让狄更斯一家人忍气吞声的事，总之，安徒生走后，狄更斯愤怒地称他为“瘦巴巴的讨厌鬼，总是赖着不走”。

中年以前的安徒生希望模仿市民的生活方式，融入市民社会，他的样板正是柯林一家。尤纳斯·柯林的家庭是个典型的市民家庭。国会议员柯林是个实干家，谈吐严肃，言语不多，但诚实正派，对待孤身一人来到哥本哈根的安徒生热情友善。他的孩子英格伯格、戈特利伯、爱德华、路伊泽和特奥多尔教养很好，彬彬有礼。从1829年开始，安徒生就作为尤纳斯·柯林的受保护人成为了这个家庭的一分子。他感觉尤纳斯·柯林“变得如我（安徒生）的慈父一般，他的孩子就像我的兄弟姐妹”[1]。他不仅把这家人当作家人，还努力真正成为这个家庭中的一员，一度追求最小的女儿路伊泽。柯林一家热爱生活，喜欢开玩笑，也有一些拿破仑战争之后的哥本哈根市侩风气，举办家庭聚会时，各位家庭成员常常撰写一些机智幽默且不无尖酸讽刺之意的歌谣。

柯林一家人机智幽默又略显刻薄的语言风格正是19世

---

[1] [丹麦]汉斯·克里斯蒂安·安徒生《安徒生自传：我的童话人生》，第41页。

▲

尤纳斯·柯林（*1776—1861*）是一位典型的哥本哈根富裕市民，
曾在哥本哈根大学学习法律，进入丹麦财政部后，
从秘书处文员一步步晋升为财政部第一副部长（*1841*年），
为丹麦货币体系改革和许多重要机构部门的建立做出卓越贡献，
退休后和家人一起颐养天年。他天性乐观，思想开放，
积极推行去官僚化的公务制度改革，
是打造丹麦“黄金时代”的幕后英雄之一。
尤纳斯·柯林和妻子亨丽埃特·克里斯蒂娜育有五个子女。

纪上半叶哥本哈根市民喜爱富有生活情调的幽默的表现，这种尖刻又机智的幽默中蕴含着市民对生活的洞察和爱意。“在丹麦人的民族性格里，嘲弄别人占了很大比重。或者美其名曰我们有极强的喜剧悟性”[1]。早在1829年，安徒生就试着把这种幽默融入自己的第一部长篇小说《1828和1829年从霍尔姆运河到阿马克的徒步旅行》(*Fodreise fra Holmens Canal til Østpynten af Amager i Aarene 1828 og 1829*)。作者自己评价这部作品为“一部怪诞而幽默的书，带有阿拉伯‘天方夜谭’式的异想天开。但它真实反映出我的个性和对事物的看法，尤其是我什么都想玩的欲望，我还含泪对自己的感觉做了自嘲”[2]。

柯林一家所代表的市民群体对安徒生从19世纪30年代开始创作的童话作品在素材和风格方面产生深刻的影响。在素材方面，安徒生逐渐放弃了自己20年代末至30年代初经常援用的浪漫派传统元素，纵览他一生创作出版的156篇童话，早期作品（1843年前的作品[3]）中改写民间童话的奇幻类作品比例远远大于中后期，中后期作品中关注民生的社会类作品

---

1 [丹麦]汉斯·克里斯蒂安·安徒生《安徒生自传：我的童话人生》，第81页。

2 [丹麦]汉斯·克里斯蒂安·安徒生《安徒生自传：我的童话人生》，第65—66页。

3 安徒生的前六部童话集出版于1835至1841年，这六个集子的副标题是“为儿童讲述”。从1843年开始，安徒生的童话集不再使用这个副标题，而是起名为“新童话”。

部戏剧作品《混血儿》重回皇家剧院。这部探究奴役和自由的作品被海博格嗤之以鼻。1840年，海博格用一首名叫《一个死后的灵魂》的诗直接讽刺《混血儿》和安徒生同年的另一部戏剧作品《摩尔少女》：诗中靡菲斯特给“灵魂”讲诉地狱的情形时，说那里有个剧院，有人在给苏丹的妻子朗读《混血儿》，给那些即将被勒死的人则朗读《西班牙少女》（即《摩尔少女》）。海博格的妻子、当时哥本哈根最著名的女演员约翰娜·路易斯·海博格也拒绝出演《摩尔少女》，这部悲剧作品最终铩羽而归。安徒生在打入市民文坛的斗争中再次品尝到了失败的耻辱。

我们不要忘记，安徒生来到哥本哈根之时，最初的梦想就是在戏剧舞台上大展宏图，《混血儿》和《摩尔少女》这两部心血之作都影射了剧作家本人的些许经历感悟，涉及天才艺术家和市民之间的对立这个典型的浪漫派主题。观众自然对艺术家这种看似孤高的态度很是不满。1843年，诗剧《阿格尼特与海人》在哥本哈根遭遇嘘声，安徒生在给友人亨丽埃特·伍尔夫的信中失望地写道：“他们唾弃我，他们把我践踏到尘埃中！可我生性就是个诗人，上帝并未赐予他们很多我这样的人，我就算到了临死的一刻也会祈求上帝，愿他再不把这样的人赐给这个民族！”[1]

---

[1] 1843年4月29日致亨丽埃特·伍尔夫信：https://andersen.sdu.dk/brevbase/brev.html?bid=2818（访问于2023年9月15日）。

既无法完全脱离市民社会，也无法融入市民圈子，进退两难的安徒生逐渐过上了一种双重生活。在哥本哈根时，他过着一种体面有序的市民生活，接近柯林一家，故作姿态地追求里伯格·沃依格特、路伊泽·柯林、叶妮·林德等年轻女子，扮演渴望建立家庭的市民角色，尽可能地模仿市民生活，如他在一封信中不无讽刺意味的描述："报纸发行商给我寄报纸，莱策尔（即卡尔·安德雷亚斯·莱策尔，丹麦图书出版商）寄来书籍和铜版画；于是我就穿着毛线拖鞋和睡衣，双腿放在沙发上躺着，炉火噼啪作响，机械钟在桌子上唱着，烟雾缭绕，很是舒服。当时我想到欧登塞的那个穿着木头鞋子走路的穷孩子，一想到这个我的心就变柔软了，我赞美可亲的上帝。"[1]

另一方面，安徒生不断地逃离这种惬意却平淡的市民生活，一次次地远游到国外。据统计，安徒生一生中出国旅行了29次，近至德国，远至土耳其，是19世纪中叶游历最广的欧洲人之一。其中意大利是安徒生最喜欢的旅行目的地，从1833年到1874年，安徒生在40年的时间里先后8次前往意大利，总共在这个美丽的南方国度住了一年半的时间。安徒生和较早的温克尔曼、歌德、普拉滕以及后世的托

[1] Zit. nach Leopold Magon, "Hans Christian Andersens Märchen und Geschichten", in Hans Christian Andersen: *Sämtliche Märchen und Geschichten*. Zweiter Band, Hanau/Main: Müller&Kiepenheuer, 1982, S.583.

▲

“瑞典夜莺”叶妮·林德（*1820—1887*）。*1843*年*9*月，
安徒生在哥本哈根听了叶妮·林德的演唱，马上就爱上了她，
把自己的童话作品寄给她，为她的回信欣喜若狂。
两人于*1845*年再次在哥本哈根相见，是年冬天，
安徒生追随林德去了柏林，在剧院再次听她演唱。
据说叶妮·林德身材矮小，其貌不扬，但是一旦站在舞台上歌唱时，
就变成了魅力无尽的艺术女神，快乐、纯洁、无比自信，
正如安徒生献给她的那只世上最著名的夜莺一般。
但林德并不爱安徒生，她只是欣赏他的童话，
称他为自己的哥哥，对他颇为冷淡。实际上，安徒生自己也是类似。
*1845*年在柏林，离开林德后，安徒生就已经认识到，
自己并不爱叶妮·林德，至少在肉体上不爱。
他爱着她在舞台上光芒四射的幻想，那是艺术的力量，
是他毕生追求的艺术感染力和艺术赋予人的想象力；
而她的世界影响力让他看到一个艺术家能达到的最高成就。
他看着歌唱的她，想要变成她，希望自己也能成为那样的明星和世界潮流，
希望自己的作品也能让读者看到一个辉煌又纯洁的幻想世界。
于是——“我在用一个兄长的全部灵魂热爱着她”，他终于承认。
他爱着她身上的他自己，用美的泡影描绘另一个世界的艺术家。

马斯·曼一样，把意大利视作异域的象征，在这些作家和诗人笔下，意大利是个凝固了古典艺术肃穆寂静之美的国度，也是个充满了肉欲渴望的地方，即艺术本身的象征，与具有生活情趣、热爱秩序的北国截然相反。与拘谨的市民文化大相径庭的情色文化吸引着安徒生，让他感受到一种狂野的激情和忘我的迷醉，这种超越理性束缚的氛围让他流连忘返。1835年，他在一封写给爱德华·柯林的信中称：

> 噢，爱德华，如果你呼吸过这里的空气，看见过所有的这些可爱之处，你也会像我一样向往的……温暖的南方，是我向往的新娘，她的魅力吸引着我，使我的灵魂变得热情。如果我能把生命卖给一个富人的话，我愿用一半生命来换，让我其余的半生能够生活在意大利。[1]

安徒生就这样辗转于明净有序的北方市民生活和浓郁躁动的南国情色之旅之间，两个世界都令他憧憬，但都留不住他。空有形式和渴望、缺少内涵和结果的南方艺术每每让他很快就厌倦："我只在思想里喜欢意大利，在现实中则不喜欢。"[2]但哥本哈根市民群体对他的拒绝也让他对这个群体有

---

[1] 1835年7月5日致爱德华·柯林信：https://andersen.sdu.dk/brevbase/brev.html?bid=901（访问于2023年9月15日）。

[2] [丹麦]詹斯·安徒生《安徒生传》，第451页。

所不满。即便市民家庭的温暖友爱让安徒生充满向往，他还是常常在《丑小鸭》等童话作品中影射市民的封闭保守和虚荣庸俗。他在童话作品中描述或暗指市民群体时，往往使用一种温和的讽刺语言。19世纪50年代的哥本哈根读者一眼就能看出童话《钱猪》中的玩具世界是市民世界的一个缩影。这篇童话中的角色依循的就是市民的实用主义准则："我们不能全都是贵族。正如俗话所说的，总要有人做事才成！"[1]童话《笨汉汉斯》（1855）开头写到两个看似聪明、实则教条的人物，安徒生在这里为过于注重理性的市民精英绘制了一副夸张的肖像："两人花了整整一个星期的时间来做准备，这是他们曾经花过的最长的时间。不过这足够了，因为他们实在是太有学问了，而这些学问都是非常有用的。一位可以十分熟练地把整个拉丁文字典和这个城市出的三年的报纸，翻来覆去地背诵下来。另一位精通公司法和每个市府议员所应知道的东西，因此他觉得自己完全能够谈论国家大事。此外，他还会在裤子的吊带上绣花，因为他还是一个文雅灵巧的人。"

只有局外人才能用敏锐清醒的笔触和没有恶意的幽默勾画出这样一副市民漫画。安徒生并不厌恶给了他温暖舒适生

[1] 本书所有安徒生童话引文均出于[丹麦]汉斯·克里斯蒂安·安徒生：《安徒生童话全集》，叶君健译，杭州：浙江文艺出版社，2021年。后文不再另作脚注。

活的市民群体，只是在这个群体中自觉格格不入。但市民群体的熏陶影响让安徒生也无法完全接受南方缺乏生命活力的艺术和情色世界，只能不断往返于充满秩序的市民世界和没有秩序的南方异域间，正如一只候鸟——作家为自己选定的生活象征。

渐入暮年的安徒生不再像青年时代那样努力融入市民社会，也不再故意追求女子。从19世纪50年代开始，他不断邀请不同的青年男子陪伴自己去国外——尤其是南欧国家旅行，和年轻的旅伴扮演类似古希腊年长和少年男子之间的亦师生亦爱人的伴侣角色，充当年轻男子亦师亦友的指导者，同时享受青年人的陪伴给自己带来的崭新愉悦感。这些青年男子中包括友人爱德华·柯林之子小尤纳斯·柯林。安徒生和小尤纳斯于1861至1863年间去意大利和西班牙旅行了两次，1870年，两人又相伴在法国和摩纳哥游历了两个月，甚至1875年，即安徒生去世的那一年，病入膏肓的作家还在邀请小尤纳斯·柯林和自己一起再次去南欧旅行。值得一提的是，被严肃矜持的爱德华拒绝30年之后的1861年，安徒生在和小尤纳斯从罗马返回丹麦途中，从年轻的朋友那里得到了以“你”相称的许可。

夜莺和君主，宫廷和童话

安徒生是底层人士，也是天生的艺术家，二者的共同之处是理性约束力的缺席，没有沾染到市民群体过于强调理性约束力的死板风气，对市民的乐观主义世界秩序缺乏理解和认同。

作为底层人士，安徒生在市民面前感到自卑；但作为艺术家，安徒生自觉高贵。他少年时期第一次听到人们说“诗人”这个词时，就认识到“能成为诗人是多么荣耀和幸福的事”[1]，诗人具有神圣的崇高感。受到启蒙运动以来的狂飙突进运动和浪漫派影响后，安徒生更是把天生的艺术才能当作上帝的馈赠（“我生性就是个诗人，上帝并未赐予他们很多我这样的人”）。艺术家虽和底层人士同为市民社会中的“异类”，却是高于市民的“高贵异类”。在这一点上，艺术家和同样高于市民的君王有些相似之处。前面讲到，在安徒生的时代，君主的实权早被大幅弱化。对于广大民众来说，君王与其说仍然切实地统治国家，不如说只是以王权的象征意义将大众凝聚在一起。君主已被削弱为一个和民众没有实际联系的象征符号，虽然仍能让民众产生一种敬而远之的畏惧感，却已经是一个脱离了统治实质的空壳，和表现大众生

[1] ［丹麦］汉斯·克里斯蒂安·安徒生《安徒生自传：我的童话人生》，第13页。

▲

卡尔·亚历山大（*1818—1901*），
德意志邦国萨克森-魏玛-爱森纳赫大公，
*1853*年至*1901*年在位，其同名的祖父是德国诗人歌德的好友，
母亲玛丽亚·帕夫洛夫娜女大公则是茹科夫斯基
和李斯特·费伦茨等艺术家的庇护人。
卡尔·亚历山大接受了良好的贵族教育，
热爱文学艺术，延续魏玛古典主义传统，
在位期间建造了魏玛大公艺术学校、
魏玛音乐学校、卡尔-亚历山大图书馆等机构，
和李斯特、理查德·瓦格纳、安徒生等艺术家关系密切。
身为一名持自由主义观念的异类君主，
卡尔·亚历山大并不情愿地参与了*1866*年的普奥战争，
没有加入*1870—1871*年的普法战争。然而终其一生，
卡尔·亚历山大不断强调自己主动参与*1849*年第一次
石勒苏益格-荷尔斯泰因战争的正当性，
就是那场让他和安徒生书信往来一度中断的战争

活却不属于大众的艺术家如出一辙。

在来到哥本哈根、见识到庞杂的市民世界之前，安徒生并不懂得这些。这个出身底层的年轻人对君权仍抱有一种童话般的幻想，他希望通过艺术接近君主，甚至成为贵族。他在自传《我的童话人生》中讲述过童年时期刚刚发现自己的艺术天赋后的一个梦想：

> 有个在河边洗衣服的老太婆曾告诉我，中国就在欧登塞河的下面。我想象着，在一个月光皎洁的夜晚，我坐在那里，一个中国的王子从地下挖了一条通道来到我们这里，听我唱歌，并把我带回他的王国，给我高官厚禄。这不是不可能的。当然，到了那时候，他会允许我荣归故里，回到欧登塞。我要在这里住下来，建一座城堡。[1]

了解市民生活并被其拒之门外后，安徒生对君主持有另一种同类的好感。他喜爱拜访欧洲各国的君主，以自己与萨克森–魏玛–爱森纳赫大公卡尔·亚历山大的友谊和与巴伐利亚国王马克西米利安的平等关系为傲。魏玛君主卡尔·亚历山大和安徒生一样自比承载精神和诗的媒介，促成两人长达30年的信件交流和多次会面的是两人间精神知己

---

[1] [丹麦]汉斯·克里斯蒂安·安徒生《安徒生自传：我的童话人生》，第17页。

的关系。马克西米利安国王则与安徒生谈起诗人和国王的力量和责任。国王认为，“首先上帝得提供力量，然后一个人才能做他所能做的”[1]，和同样认为人类的才能是上帝馈赠的安徒生一拍即合。

安徒生虽然反对封建制度下森严的等级秩序，却也不接受市民的启蒙秩序观——用人人平等的自然权利充当衡量各种问题的尺度。他倾向于一种乌托邦式的秩序：每个人的地位依品格和智能的资质而定。因此，艺术天才理应和没有沾染市民庸俗物欲的君王一样享有至为高贵的地位。19世纪中后叶，民主思潮席卷欧洲，专制君主逐渐蜕变为仅具有象征意义的立宪制君主。失去实权的君主慢慢变成权力的符号，对民众起的是一种示范和引导作用，在安徒生看来，这和同样对民众有教化责任的艺术家有异曲同工之处。

安徒生对于君王的态度体现在童话《夜莺》中。这篇童话的同名主角可以被视作安徒生心目中天才艺术家的写照：真正的夜莺属于自然，随心所欲地歌唱生命和死亡，它的歌声具有直指人心的艺术光韵（即瓦尔特·本雅明提出的“Aura”）。艺术光韵正是让作品超越纯粹物质范畴的关键。在艺术作品可复制的时代中，具有本真性的艺术品仅属于此时此地的独一无二性让它不可被复制品取代。又因为具有本

---

[1] [丹麦]詹斯·安徒生《安徒生传》，第368页。

真性的艺术品仅能让人在此时此地欣赏，对于欣赏者来说具有不可接近的距离，欣赏者因之对艺术品怀有一种敬畏的心情。童话中夜莺的歌声在绿色的森林里听才是最好的，而且对于欣赏者来说不可预测（“你永远也猜不到一只真的夜莺会唱出什么歌来。”），具有强烈的此时此地独一无二性。这种艺术光韵是真夜莺的复制品机械夜莺没有的。后者只能唱一首常常出现在市民舞会中的华尔兹（“在这只人造夜莺的身体里，一切早就安排好了，要它唱什么曲调，它就唱什么曲调！你可以把它拆开，可以看出它的内部活动：它的‘华尔兹舞曲’是从什么地方起，到什么地方止，会有什么其他曲调接上来。”）。这是一个精准却乏味，缺少本真光韵的工匠产品，是庸俗的物欲对天才艺术的一次挤对。

《夜莺》讲述的是艺术家和君王之间的关系。安徒生不关心君王的政治意义。无论是因为底层人士和君主没有直接接触，还是由于受到不关心政治的哥本哈根市民群体多年来的浸染，安徒生对政治没有兴趣，几乎从不在作品中直接叙述政治。“王权”在他的笔下没有制度性的意义，只意味着一种象征着高贵和显赫的符号，把君主转变为离人间生活非常遥远的模糊形体。《夜莺》中的宫廷即是一个和现实中严酷繁复的中国封建宫廷没有关系的理想化宫廷，这里的等级秩序相对自由。尽管如此，渴望和君王进行平等交流的安徒生对等级制度的厌恶还是体现在一些具有讽刺意味的细节上，如：

这是一位高贵的人物。任何比他渺小一点的人，只要敢于跟他讲话或者问他一件什么事情，他一向只是简单地回答一声，“呸！”——这个字眼是任何意义也没有的。

艺术家既然和君王同样具有非物质化的高贵，同样令人敬畏，同样有教化民众的意义，就不应像君主的臣仆一样受到制度框架的限制。《夜莺》的结尾给出了一种乌托邦似的艺术家-君主关系模式。夜莺不愿被限制在宫中，成为宫廷艺术家，不过——

“当我想到要来的时候，就请您让我来吧。我将在黄昏的时候栖在窗外的树枝上，为您唱支什么歌，叫您快乐，也叫您深思。我将歌唱那些幸福的人们和那些受难的人们。我将歌唱隐藏在您周围的善和恶。您的小小的歌鸟现在要远行了，它要飞到那个穷苦的渔夫身旁去，飞到农民的屋顶上去，飞到住得离您和您的宫廷很远的每个人身边去。比起您的王冠来，我更爱您的心。然而王冠却也有它神圣的一面。我将会再来，为您唱歌——不过我要求您答应我一件事。”

“什么事都成！”皇帝说。他亲自穿上他的朝服站着，同时把他那把沉重的金剑按在心上。

“我要求您一件事：请您不要告诉任何人，说您有一只会把什么事情都讲给您听的小鸟。只有这样，一切才会美好。”

艺术家成为君主的眼睛和耳朵，为君主传达世间的善与恶，和君主一同致力于用（宗教）道德对社会进行改良，像影子一样秘密地为君主服务，可以说和君主互为一种乌托邦式道德符号的两面。这个童话结局正如魏玛的卡尔·亚历山大大公信中对安徒生所说：“你应该进入我的灵魂中，就像是印度教逝去的灵魂一样。”[1]

安徒生选择依附于和自己同为高于市民的异类的君主，同时用苦涩的腔调诉说夜莺抹煞自己的愿望。这不是安徒生对整个艺术家群体或抽象的艺术家概念的认识，而纯粹是作者带有自传色彩的私人讯息。他为自己高于市民的艺术天才骄傲的同时，为自己低于市民的出身而自卑，为自己在市民那里遭到的拒绝和摈弃而沮丧。他选择为底层发声，在作品中运用种种体现阶级差异和社会不公的主题，表达底层人民的凄苦遭遇。因此，安徒生常被后世研究者视作底层人民的代言人（如丹麦宗教学家爱德华·雷曼和德语版安徒生童话全集的编纂者列奥波德·玛贡）。然而，这仍然不足以让安

[1] [丹麦]詹斯·安徒生《安徒生传》，第265页。

徒生成为一名致力于推动社会变革的现实主义作家：遭受不公和苦难的角色凭借高尚的道德情操和对上帝的虔敬顺从与自己的命运和解，从而在个体层面上获得主观的幸福。如果人人都虔敬和服从上帝，追求主观幸福，就会融成一个有着共同追求的新民族，一个精神上的统一民族——对市民与底层之间不可打破的壁垒灰心之后，安徒生寄希望于这种用艺术感召出人间大同的乌托邦。

第二章

变成孩子，

我们才能进入天堂

不进教堂的“上帝宠儿”

“它（亚麻做成的纸）上面写了字，写了最美丽的故事。人们听着这些写下来的故事，这都是些聪明和美好的事情，听了能够使人变得更聪明和更美好。”

童话《亚麻》中的这段话表露的正是作者安徒生创作文学作品的目的。安徒生青少年时代受到了18世纪启蒙主义思想的影响，认为作品旨在改善人的精神，教导人的思想，把美好的光亮照射到人的心里，但不应直接把知识灌输给读者，最好是启迪读者自己去思考求知。这位丹麦作家一生的种种创作中，最成功的无疑是他的童话。然而，不同于17世纪在文末还要特意加上一段“教训”的法国童话，安徒生的童话很少直接说教。安徒生的童话创作始于1835年，创作高峰是19世纪40至50年代。19世纪中叶，丹麦等欧洲国家的封建王权已经逐渐没落，资产阶级的兴起让欧洲城市步入市民社会，19世纪初憧憬具有诗意的“黄金年代”的浪漫主义时代已经结束，保守的市民道德逐渐兴起，尤其是给儿童看的书中往往有一些道德和宗教训诫方面的内容。在全世界都有很多儿童读者的安徒生却从不把基督教教条写到作品里。不仅如此，他的作品常常以异国异教文化为背景，对伊斯兰教信仰和北欧原始宗教信仰的智慧持理解和认同的态度。在小说《O.T.》中，作者借角色奥托·托斯特鲁普之口表示：“对于人类心灵是神圣的东西，对于每个宗教也一样神圣。”作家希望打破教派的桎梏，把宗教信仰还原成对真善美的追求和敬畏，即人类心灵最初和最高的向往。

当然，安徒生无疑是一个虔诚的上帝信徒，他不吝笔墨地在自传、书信、日记和虚构性作品中记叙自己对神的爱。在他的笔下，唱诵圣诗的小格尔达的爱把加伊从白雪皇后冰冷孤寂的宫殿中拯救出来，因虚荣而失去双脚的卡伦在真心悔过后得到了上帝的宽恕，灵魂进入天国，卖火柴的小女孩在光明和温暖中被祖母接走，而《海的女儿》这一让作者本人最为动容的作品本身就脱胎于中世纪欧洲元素精灵——地、水、风、火这四种自然界中的基本元素精灵——和人类结合以便获取灵魂的传说，也是一个宗教意味浓厚的作品。宗教信仰因素在安徒生的作品中占据了很大比重，作者想通过这些作品传达给读者的内容，也包括这种具有信仰色彩的仁爱和希望，或者，用安徒生自己的话说，信仰的“真”“善”和“美”。然而，很难把这种广博的“神之爱”禁锢在19世纪的道德和基督教戒律之中，再说，基督教教会在安徒生的作品中往往形象不佳。《钟渊》中暴戾的克努特国王“见了主教和修道士就行礼”，因暴政被居民赶走后也躲在教堂里祈祷；《野天鹅》中的主教更是善恶不分，称虔诚的艾丽莎“是一个巫婆，蒙住了大家的眼睛，迷住了国王的心”，在忏悔室里对国王说她是个罪人。

安徒生对宗教制度的态度和对个人信仰的态度大不相同：他常常在作品中提到教堂的钟声，暮光中宁静悠远的钟声往往被作者当作人间温暖的象征，本人却终生都很少进教堂。这位作家可丝毫不觉得自己的举动中有什么对神不敬之处，反而始终自诩为上帝的宠儿，一生都受到了上帝的庇佑。只要一个人心中装着对上帝的爱和信，不去教堂也是一个好的基督教徒，反之，心中没有仁爱和真挚，即便身为主教也是可鄙之人。安徒生对宗教信仰的这种态度和禅宗那种“直指人心，见性成佛”的观念倒有几分相似之处。

从菲英岛到斯拉格尔斯：
草木万物中的无私神爱

不过，我们也不用把安徒生神化成大彻大悟的思想家。一个人的宗教信仰是其世界观的一部分，而世界观成形于人的童年时代。安徒生也不例外，他对宗教信仰的态度首先来源于家庭。我们已经知道，他出生于丹麦菲英岛上的城市欧登塞，父母双方对他截然不同的影响和他在故乡的种种经历直接塑造了安徒生的精神世界。一生之中，安徒生不断尝试逃离这座岛，割舍这座岛，却不得不一次次承认自己属于这座岛，在生命的最后还是和家乡和解，成为了欧登塞的荣誉市民。

菲英岛被安徒生的传记作者詹斯·安徒生描述为一座堕落的岛，岛上的居民生活风气败坏，娼妓和私生子众多，没有市民阶层的道德观念，迷信之花往往滋生于这样贫瘠粗砺的土壤之中。安徒生的母亲安娜·玛丽·安德斯达特就是这样一个典型的菲英岛女人，她在作家的回忆中“无条件地虔诚”。这个曾经沿街乞讨、有一个私生女且最终染上酒瘾死在收容所中的洗衣妇，是安徒生心中不愿提及的阴暗角落之一，对他的影响却绝不可小视。安徒生在自传中称自己既虔诚又迷信，是出身底层的母亲和她的同胞给他讲述了无数民间故事，让这个孩子接触到了民间对耶稣和北欧宗教的粗犷信仰和万物有灵的思想，让少年安徒生用一双好奇的眼睛在木石花朵中寻找同为上帝子民的精灵，用这些瑰丽浪漫的幻想美化欧登塞小屋中的凄苦生活，让他在成为会独立思考的作家后不自觉地把童年和自然与幻想联系在一起，更让他日后总是用底层人民的视角观看世界，对底层充满理解和同情。可以想象，如果没有这种带有民间色彩的宗教信仰及其唤起的奇异幻想，少年安徒生将不得不面对欧登塞幽暗可怖的现实。信仰对于他来说是种实实在在的东西，是生活必不可少的条件。

根据安徒生的自传记载，小汉斯·克里斯蒂安的父亲汉斯·安徒生是一个上过学的理性主义者，深受法国大革命时期推崇个体解放的启蒙主义思想影响，认为人应在自然的道路上充分发展天性，成为自己的主导，而不是盲从于上帝，他甚至声称耶稣不是神之子，只是个凡人，让对耶稣和上帝毫不怀疑的妻儿十分惊恐。诚然，现实中的汉斯·安徒生一生都不得志，去世之前还出现了精神失常的征兆，并没有安徒生在自传中描述得那么聪慧能干，但他的质疑和批判精神确实对儿子产生了深刻的影响，让安徒生不至于耽于迷信，且对宗教形式化和虚伪的一面有所认识。而且，这位喜爱阅读的父亲还常常给儿子读拉封丹寓言和《一千零一夜》，用这些来自异国的故事滋润小安徒生，让未来的作家具备了超越地域和宗教界限的文化视野。正是在父亲朗读的故事里，安徒生第一次接触了东方童话中的阿拉丁形象。闭塞的菲英岛之外，早在1805年，阿拉丁就因丹麦浪漫派作家亚当·厄伦施拉格的同名歌剧成了欧洲文学重要的固定素材。这个生机勃勃的自然之子出身底层，最终进入了波斯沙阿的宫殿，被视作天才诗人的象征。1825年，站在哥本哈根阿马林堡宫一间屋子里，青年安徒生感慨自己从底层走到了王宫之中，在日记中自比为阿拉丁，感谢上帝为自己所做的一切，让他如此幸福。从这时起，充满童真且受到神的眷顾的自然之子阿拉丁就被安徒生视作自己生命的符号。他坚信自己是幸运的，有上帝这个父亲般的慈爱引领者庇佑着自己。

这份对上帝毫不怀疑的虔心被安徒生带到了学校里。少年安徒生于1819年来到哥本哈根后，先是在皇家剧院的戏剧学校学了几年芭蕾舞和声乐，后因仪态笨拙无法继续登台表演，创作的戏剧《法恩的维森堡强盗》《阿尔夫索尔》和故事《帕尔纳托克墓地的幽灵》等早年习作也暴露了作者缺乏文法和文体修养、没有驾驭文本结构的能力和感情过于泛滥的毛病，所以，1822年10月，尤纳斯·柯林管理的丹麦艺术基金会把他送进了西兰岛小城斯拉格尔斯的一所拉丁文法学校学习。这是一所为学生进入大学做准备的基础教育学校，但安徒生原本并没想过成为大学生。他在这里系统地学习了语言、文化史、艺术史和宗教史研究等课程。这个青年学子在宗教课程上表现出来的热忱与兼具理性和迷信的奇特天分得到了宗教课程教师杰普·奎斯特加德先生的关注。然而，接受了基础宗教教育的安徒生并没有成为一个满腹经纶的神学理论家，他在校期间撰写的一系列宗教课作文中没有太多逻辑论证，倒是充满了诗意盎然的比喻和激情澎湃的抒情。如：

> 只有傻瓜才在心里说："上帝不存在。"即使奶酪上最小的寄生虫生活在宇宙的最遥远星球和最深处的最小微粒上，也是全能者和不可预测者存在的标志。[1]

看来理论教育并没有让安徒生增加思辨式的信仰观念，少年时代在菲英岛上接触的万物有灵论仍然是他信仰观的底色。但他无疑也在学校里接触了新的东西。在奎斯特加德的宗教课上，安徒生学到的是上帝的绝对中心地位，作为第一推动者的上帝无处不在，用自己流露出来的激情创造了世界，掌控着世界的宏大秩序。诗人的心灵将这种新见解和素朴的万物有灵论融合在一起。安徒生认为，包括人类的灵魂在内，自然界中的点点滴滴都是上帝之爱的表达，草木中自然精灵的声音即是上帝声音的体现，这种超越一切界限的无私神爱（Agape）表达的即是上帝的无限和永恒。人类

---

[1] [丹麦]詹斯·安徒生《安徒生传》，第66页。

的灵魂既然从上帝那里分得了一点爱火，也有了接近永恒的条件。人类需要超越肉体的桎梏，把对自己的爱分给他人，用这种无私来敬奉和传达上帝的无私。而所谓肉体的桎梏即是人的纯洁精神因人类的社会和肉体属性受到的种种限制。安徒生对种种肉欲感到厌恶和不安，据他的传记作者詹斯·安徒生考证，这位老单身汉一生都没有跟女人或男人有过肉体接触，性对他来说是可鄙的、不洁的。至于人们因现代社会的钱权关系而变得虚荣、狡诈、怯懦，归根到底也是一种自私的表现，同样有违上帝给世界定下的秩序。在这个意义上，纯洁的自然比人更贴近上帝。安徒生一生撰写了很多以物为主角的童话，这些物（动物、植物、器物等）虽然用人类的语言交谈，也有一些人类的性格习惯，人类的自我中心、虚荣等社会性特点也被移植到这些物上，但作者描述这些时总是使用嘲讽的口吻，如《丑小鸭》中这段对动物世界等级制度的描述是对人类社会等级制度的滑稽模仿：

> 你们如果看到那儿的一个老母鸭，你们就得把头低下来，因为她是这儿最有声望的人物。她有西班牙的血统，因为她长得非常胖。你们看，她的腿上有一块红布条。这是一件非常出色的东西，也是一个鸭子可能得到的最大光荣：它的意义很大，说明人们不愿意失去她，动物和人统统都得认识她。

把只属于人类社会的陋习安置给本应质朴天真的自然，这更加彰显人类社会的异化。除了肉欲和人类社会的种种的陋习，写诗的精神冲动对于青年安徒生来说同样是危险罪恶的。由于无法控制作诗的冲动，他不知是不是魔鬼驱动着他的笔。[1]那么，如何把魔鬼的艺术转化为对上帝的敬颂呢？安徒生找到了自己的办法：他的长诗《垂死的孩子》（1827）是一首完全用儿童的视角和儿童的感官创作的诗歌，安徒生模仿一个垂死的孩子对母亲说的话，完全抛弃了成年作者对儿童的心理剖析，直接叙述孩子感官中的幻象（天使、音乐）和真实场景（寒冷、母亲的双手和脸颊），让自己和读者变成这个濒死的孩子，请求母亲不要哭泣叹息，然后闭上疲惫的双眼，走进光明美丽的天国——这样一来，写作就不再是罪恶的冲动的结果，而是将自己变成纯真的化身，一个无辜的孩子，把孩童心中的所有“真”“善”和“美”用文字描绘出来，直接展现给读者。

奥斯特和《自然中的精神》

“真”“善”和“美”是安徒生常常援引的一个公式，来

[1] “我看见一个小恶魔在引导我/他住在我内心深处，围绕着我，无处不在/（……）他就是我必须写诗的理由。”[丹麦]詹斯·安徒生《安徒生传》，第61页。

▲

我们在高中物理课上学习过证明电流周围存在磁场的奥斯特实验，
这是汉斯·克里斯蒂安·奥斯特在1820年完成的实验，
证明了电和磁的关系。德国诗人歌德对奥斯特的研究非常赞赏，
曾邀请他去魏玛宫廷演示实验。除了在物理学上成绩斐然外，
奥斯特还是一名卓越的化学家，他首次从黑胡椒中提炼出哌啶，
并于1825年分离出纯净物铝。作为思想家，
奥斯特首次提出“思想实验”概念。这是一个典型的19世纪上半叶天才，
仍然保留着18世纪启蒙时代的乐观主义，但已经像19世纪精神时代的
知识分子一样，寻找一种藏在世间万物背后的形而上解释。

自同时代的丹麦科学家汉斯·克里斯蒂安·奥斯特的自然理论。安徒生刚刚接触哥本哈根社交圈时就在沙龙里认识了奥斯特，后来发现奥斯特的理论和自己的信仰与自然观念不谋而合，欢喜地发现自己在世故理性的哥本哈根市民精英圈子里找到了一个精神知己，于是把奥斯特视作自己父亲般的长辈，也得到了对方的认可和提携。奥斯特的自然理论公式脱胎于哲学家康德用三部著作归纳出来的人类精神创造力的三个领域，即数学性的自然科学、伦理学和美学。奥斯特深受康德影响，在康德哲学的基础上建立了自己的神学世界观念：自然界中的神灵（或“精神”）是世界秩序和真、善、美的精神领域的创造者和保障者。奥斯特称，自然法则即神灵的创世思想，精神信仰和自然科学是可以互通的。

奥斯特对自然的推崇让安徒生十分认同。奥斯特始终是一个相信人类理性力量的科学家，在著作《自然中的精神》中指出，神灵不会介入世界发展进程，人类的理性在认识和

思考世界方面起了重要作用——安徒生在这一点上跟奥斯特分道扬镳。在诗人看来，上述创造者和保障者就是更为人性化的“上帝”——一个慈爱智慧的全知全能者，和经院哲学中的上帝概念相比温和得多——而不是比较抽象的“神灵”或“精神”；不同于中世纪经院哲学家，安徒生并不认为信仰这一行为会直接让人认知世界，他承认人会利用上帝赐予的理智来认识和评判上帝，但没有上帝的帮助，人无法进行这种认识和评判，因此上帝在世界发展进程中起了作用。他在童话《聪明人的宝石》中指出，信仰会引领人获得知识：

> 它射到《真理之书》的那些空白页上——那上面应该写着这样的话：永恒的生命一定是存在的。但是在这耀眼的光中，书页上只看到两个字：信心。

纯粹依赖理智，容易陷在理念和数字之中，离真实越发遥远，在安徒生那里，真实永远是个体感官触及的真实，即所谓的“个体真实”。卖火柴的小女孩死在温暖和光辉之中，和高大美丽的祖母一起快乐地飞向天堂，但第二天早晨，人们看到的是一具冻死在冰天雪地中的尸体。天堂之乐和尘世之苦，哪一种才是真实？安徒生给出的解答是，对于小女孩来说，她的感官告诉她的、让她深信不疑的东西就是她的真实，凝固在她脸上的笑容就是她的真实。旁人的理性分析对她无关紧要。至于心灵的温暖跟理智的冷酷之间孰优孰劣，安徒生的解答在童话《白雪皇后》中。小加伊困在白雪皇后的大厅里，用理智的冰块游戏怎么也拼不出“永恒”一词来，而虔诚童真的小格尔达不仅拯救了加伊，还轻而易举地让冰块直接组成了“永恒”。

如果说，奥斯特的哲学体系和安徒生的观念之间只是存在差异的话，同时代的丹麦哲学家克尔凯郭尔的宗教理念就是将信仰视作生命条件的安徒生根本无法接受的。克尔凯郭尔称，宗教是人生中最后和最重要的一个阶段，人在经历了审美和伦理阶段后才会经历这个阶段。反过来，克尔凯郭尔对安徒生也持批评态度。哲学家读了安徒生的小说《只是个拉小提琴的》之后，在一篇评论中写到，安徒生根本没有生命观，而生命观并不是一个概念或者一些句子的集合，抑或孤立的个体经验，而是经验的结晶，“一种已经得到的、无论什么经验都不会动摇的自在确定性，无论这些经验只是针对世间的所有情况（一种纯粹属于人的观点，比如斯多葛主义）还是面向天堂（宗教性）”，而安徒生只是不断描写浮光掠影的生活体验，从未归纳出一种坚定的生命观。克尔凯郭尔指出，安徒生的斯多葛观念（神、自然和人的一体性）和他的宗教性代替了其缺位的生命观，构成了他作品的基础。这种批评并非毫无道理，安徒生从来不是一个抽象性很强的作家，他对生命的观念确实体现在他笔下的经验（故事）

中，但不同于长于思辨的哲学家，安徒生是把主观现实直接转化为素朴诗的天才，他对上帝的信仰已然不可动摇，整个生命深深地根植在信仰之中，信仰引领他不断前行，让他不需要额外的生活观指引自己。

对上帝的无条件信任没有让安徒生否定人行动的意义。童话《冰姑娘》中的一句谚语代表了安徒生对信仰的认识："上帝赐给我们干果，但是他不为我们把它们敲开。"他对自己的信任和对上帝的信任并行不悖，且形成了一整套理论：上帝为人提供前景和希望，人必须坚定信念，努力追逐希望（《只是个拉小提琴的》："我们的命运取决于我们的坚定意志和对未来的展望。"），按照上帝的指示独立思考和行动，只有行动才能得到上帝的帮助（《科莫湖畔的婚礼》："你们必须行动！当你们行动之时，上帝才会给予帮助。"）。

天堂属于儿童

安徒生将对上帝的信任和对自己的信任等同起来，认为上帝在人的内心对人说话。这种观念没有理论依据，而且打破了不同宗教之间的界限，是一种原始单纯的信仰观，就像幼童对引领自己的父亲不假思索的信任。安徒生本人一直被视作一个孩子气的人，他将尤纳斯·柯林、奥斯特和厄伦施拉格等人当作自己父亲般的长辈，却从没将任何人当作自己的孩子，他更愿意扮演儿子、学生和朋友这样的角色。这位作家认识到自己的天真，并且把这种天真跟他的信仰结合起来。他认为，“《创世记》背后的力量可以定义为‘孩子般的精神’，这种精神将生命赋予最初的人类，万能的主奇迹般地使万物繁衍众多。难道创造世界的想法不是孩子般的想法吗？”[1]世界诞生于儿童的游戏，造物本身就是一个孩子气的主意，即一种自由、纯粹、源于无尽幻想的行动。所以儿童原本就比成年人更贴近上帝。安徒生在数篇作品中表示，天堂属于儿童：

> 噢，天国如此广阔，如此广阔！人会感觉很渺小！大人又变成了小孩；变成孩子，我们才能进入天堂。（*1830*年诗作）
>
> 我有儿童般坚定的信仰
> 我有雅各通往天堂的梯子。（*1875*年诗作）[2]

安徒生的传记作家詹斯·安徒生认为，这种延续终生的童真信仰大约出现于1830年，当时安徒生已经结束了求学生涯，正在试着做一名诗人和剧作家。不过，早在1819

---

1 [丹麦]詹斯·安徒生《安徒生传》，第67页。

2 [丹麦]詹斯·安徒生《安徒生传》，第459—460页。

年，14岁的安徒生只身来到哥本哈根，因纯真热忱的性情和肆意淋漓的表演才华被哥本哈根的上流社会誉为“自然之子”，此时他应该已经接触到了当时知识分子对自然和天真的崇拜。这个有颗赤子之心的欧登塞少年似乎丝毫没有受到“过于文明”的欧洲都市种种道德、宗教、文化习俗的玷污，他不加修饰的歌舞才能和粗犷的诗才令哥本哈根倦于文明的知识分子大为惊讶。安徒生的名声很快就传到哥本哈根知识界的文化中心——位于弗雷德里克山的“巴克胡斯”（Bakkehuset，意为“山屋”）。艺术家克努特·林恩·拉贝克的妻子卡玛·拉贝克在此举办的户外沙龙吸引了丹麦黄金时代知识界和艺术界的一大批精英。这些学者和艺术家“久在樊笼里，复得返自然”，对君主和市民社会的种种清规戒律进行反思和批判，认为自然的规则才是真正的世界法则，人类应该师从自然，而不是背离自然。这个圈子的核心人物奥斯特更是认为，人类的精神和宇宙自然的精神相通，人类头脑和心灵发现的“真”“善”“美”都可以在自然中找到。在巴克胡斯，安徒生既是这些自然精神的信奉者信仰的佐证，也在奥斯特等人的思想碰撞中对自己熟知的处处有灵的自然世界增加了认识。

另外，安徒生可能在学校里或者通过奥斯特的作品接触了当时十分盛行的“游戏的人”理论，这种理论最早源于康德，早期代表人物还有德国诗人席勒。席勒在献给一位丹麦公爵（石勒苏益格–荷尔施泰因–桑德堡–奥古斯滕堡公爵弗雷德里希·克里斯蒂安二世）的《美育书简》中对“游戏的人”理论的论述让这种学说在丹麦很受重视。当然，这里的游戏并不像安徒生所指的充满幻想的儿童嬉戏那么单纯，它指的是人在摆脱了物质欲望的束缚和道德必然性的强制后的自由状态中从事的活动，或者说是一种审美活动。人只有在进行游戏的时候才能使人的能力达到完满（席勒：“只有当人游戏的时候，他才是完全的人。”）。“游戏的人”理论针对的是人在审美活动中获得的纯粹自由，正是这种自由提供给人发现自己的个性的机会。而安徒生想象中的儿童游戏只是一种纯粹自在的活动，且正是因为纯粹自在而不受束缚，具有无穷尽的力量。

安徒生虽然不像理论家们那样意图用游戏理论提供新的教育方法，却是这种理论的出色践行者。毕竟，包括童话在内的文学作品只需要动用人的幻想能力，阅读文学的过程也是一种头脑游戏。如著名童话《白雪皇后》由七个故事组成，每一个故事都发生在不同的情境中，让读者跟着小女孩格尔达从家乡出发，只身穿过茫茫的拉普兰，经历种种冒险去白雪皇后的宫殿解救加伊。这场冒险中出现的其他角色也纷纷呈上了自己的故事，如会魔法的女人花园中花朵讲述的五个故事那样的碎片式故事，整篇童话和充当楔子的“第一个故事”描述的一样，是由飞散的碎片组成的。读者需要一

▲

《白雪皇后》:“白雪皇后的大厅里是空洞的、广阔的和寒冷的。
北极光照得那么准确,你可以算出它在什么时候最高,什么时候最低。
在这个空洞的、没有边际的雪厅中央,
有一个结冰的湖——它裂成了一千块碎片;
不过每一片跟其他的小片的形状完全一样,所以这就像一套很完美的艺术品。
当白雪皇后在家的时候,她就坐在这湖的中央。
她自己说她是坐在理智的镜子里,而且这是唯一的、世上最好的镜子。”
这个属于艺术、死亡和理性,完美而冰冷的世界是一千片镜子,
折射出无尽的自我,缺少来自外界的真实,
是小格尔达的爱和生命力把加伊从孤独中救出。

次次动用想象力，为自己描绘这些碎片中的情景，把碎片背后的故事补全。《白雪皇后》的主角格尔达是个纯真的孩子，用温暖的情感对抗魔鬼镜子代表的邪恶和白雪皇后在完美对称的六边形雪花中展现的冰冷理智，取得了胜利。她心里具有强大的力量，可以通过祈祷召唤天使为自己与雪花抗争，“当格尔达念完了祷告以后，她周围就出现了一个很大的兵团。这些兵士用长矛刺着这些可怕的雪花，把这些雪花打成无数碎片”。纯粹的童真让她的声音等同于上帝的声音。毕竟，按照安徒生一直信奉并多次引用的一句《圣经》箴言，“除非你成为一个孩子，你决计进入不了上帝的国度！”

这句格言也出现在安徒生晚年的自传性小说《幸运的培尔》(1870)中。这本小说讲述的是穷苦的仓库帮工之子培尔短暂而幸运的一生。培尔生来具有艺术才能，少年时期作为芭蕾舞者崭露头角，后来接受了声乐培训，顺利地度过了变声期后在歌剧院里成了一名出色的演唱家。但他不满足于流星般转瞬即逝的舞台艺术，还想创作不朽的艺术，于是创作并主演了歌剧《阿拉丁》。这部作品是培尔一生的写照，首演便取得了空前绝后的成功，让创作者攀上了荣耀的高峰。然而，在舞台上接受观众的赞美之时，培尔在这一生中最为幸福的时刻猝死了。

安徒生和培尔不同。作者本人对童真的崇拜是有意识的，意识的介入已经让他不同于真正的儿童，让他的作品成为对儿童语言的模仿，而不是儿童自己的叙述；小说《幸运的培尔》虽然也以19世纪的丹麦市民社会为叙事背景，主角培尔却是一个成年之后仍然具有儿童的纯洁的人，一个超凡脱俗的人。他一生的集大成之作《阿拉丁》展现出一个“在家里阁楼上的壁炉和衣柜那里蹦蹦跳跳的培尔；在他心里，他一岁也没有长大”。这个在小说的结尾已经成年的年轻人经历过恋爱，但对情欲持一种带有宗教色彩的排斥态度。小说中的性体现为在培尔幻梦中跳舞的精灵姑娘。这些跳舞的精灵具有危险的诱惑力，充满罪恶。其中一个长着培尔的初恋——药剂师女儿的面孔，但“背后是个空洞……，仅仅是个美丽的正面，背面是敞开的，里面什么都没有”。这个恶魔般的女性肉体是个没有内容的空壳，它体现的是培尔对性的态度，即一种需要通过信仰和精神战胜的东西，跟儿童般无邪的精神恋爱正相反。培尔的天性中具有一种禁欲的宗教气质。他对女性的爱中不包含性欲的成分。培尔在寄宿学校期间爱上的药剂师女儿，对他的吸引力更多的是一种精神上的吸引力。两人因扮演罗密欧与朱丽叶而结识，在培尔眼中，这个姑娘身上肉体的、女性的成分都被淡化了，自然的、孩子的气质则得到了强调。这让培尔对这个女子的恋爱近似一种精神上的亲和。

培尔身上超凡脱俗的童真气质让他近乎圣人甚至传道

者。安徒生有意用撰写圣徒传奇的方式把这个主角一生的经历奇幻化，并把他的经历和在人间传道的神子基督联系在一起。在寄宿学校期间，培尔在一个花园中受到性和情色幻想的诱惑，为了摆脱这种诱惑，他的灵魂呼喊的是“我的上帝！我的上帝！你离开我了吗？”，这句话与耶稣在十字架上的呼喊（《马太福音》27：46）直接对应。培尔确实是个救世主，在他那个充满物质诱惑和19世纪资本主义气息的世界中，他以自己的一生为素材，谱写了虔诚又童真的歌剧《阿拉丁》并亲自登台演唱。这部作品真挚的音律让所有听众内心和煦，它纯洁虔诚的旋律让听众倾倒，点燃人们心中的热火，吸引人们产生“至高无上的”狂喜之情。和《白雪皇后》中的小格尔达一样，培尔的纯真本身就是足以对抗世界的堕落的伟大力量。培尔用这部作品完成了自己在人间的使命，得到的奖励就是在至高无上的胜利时刻死亡，让这一刻的幸福化为永恒。

培尔天真、虔诚、具有艺术家和儿童的想象力，种种复杂的现实问题在他的赤诚以对之下都会迎刃而解，因为他孩子般的愿望符合上帝创世时的素朴构想，神灵愿意引领他的行动。培尔的纯真甚至可以感召世人暂时离开正在走向堕落的世界，随他一起在无邪自由的幻想世界中漫步。安徒生这个始终不愿用抽象的理论描述自己宗教信仰观念的作家，在人生的最后几年里把他的信仰融合成了培尔这个角色。“幸运的培尔”是安徒生精神信仰的化身，即作者对童真的信仰。同时，作者在其叙述世界中给培尔赋予的使命，就是他赋予童话这一文体的使命：在这个正在慢慢丧失天真的世界中，用无尽的想象力抵抗物质世界的堕落。在多次失败的创作尝试后，安徒生选择了童话这一文体；另一方面，从同时代大批渴望通过民间文学找回失落的纯真的作家中，童话这种文体选择了安徒生。

第三章

童话，

远方和身旁

安徒生是一个不得已而为之的革新者。少年时期从欧登塞的贫寒之家只身来到哥本哈根，他原本希望凭借唱歌和表演天赋登上首都的舞台，却没能如愿。接受了学校教育后，他又希望在文坛上一展诗才，成为一名出色的剧作家、诗人和小说家，但他早年的剧作模仿痕迹较重，并不算成熟。这些早期作品都体现出德国浪漫派艺术的影响。这位作家出身于欧登塞底层，接触的都是民间粗砺的想象力，少年时代受到民间童话和传说的熏陶，德国浪漫派对情感、奇幻、童真的重视让他十分认同，他的第一部长篇小说《1828—1829从霍尔门运河到阿迈厄岛东端的徒步之旅》（1829）就明显是一部模仿德国浪漫派文风的作品。

然而，十九世纪二三十年代的丹麦主流文坛和一些批评界还抱持着上个世纪欧洲启蒙时期的唯理性论调。当时的哥本哈根文坛领袖是黑格尔的追随者、推崇理性思维的约翰·路德维希·海博格，这些权威作家和批评家反对浪漫派艺术和通俗艺术，认为艺术形式比内容更加重要，对深受浪漫派影响、重视个体情感和作品内容的安徒生持批判态度。安徒生的诗作《垂死的孩子》（1826）模仿儿童的口吻描述孩子临死前的感官体验，第一次在文学作品中赋予儿童声音，把在先前的文学作品中静默的儿童转变成一个具有理智和精神、会死去的个体，而非一个天真完满的符号，对于保守的丹麦批评界来说是首太具颠覆性的激进诗作，因而得到了褒贬不一的评价。这首诗于1827年9月15日以丹麦语和德语两个版本出现在《哥本哈根邮报》的头版，在重视儿童、崇拜天真的德国浪漫派文人中引起轰动，让年轻的安徒生在德国名声大震，也让安徒生对德国充满好感。1831年，安徒生第一次出国游学，去的就是德国，除了前往汉堡、柏林、德累斯顿等城市拜见蒂克、沙米索等德国浪漫派文人之外，还前往哈茨山、德累斯顿茨温格宫挂着《西斯廷圣母》的画廊等浪漫派圣地朝圣，从此以后在文学创作方面离浪漫派更近了一步。

德国浪漫派推崇童话这种文体，将童话视作真正的诗，安徒生尊重的路德维希·蒂克就是许多童话名篇的创作者。但19世纪二三十年代的丹麦文坛对童话这种文体普遍不够重视，将其简单地归为儿童文学的范畴，而儿童文学唯一的作用就是驯化儿童，算不上文学性很强的艺术作品。早年的安徒生并未把创作童话当作自己的主业。1835年，出版了两部小说、一些诗歌和戏剧后，一直受到批评界打压的年轻作家终于决定另辟蹊径，创作几篇童话，以便“赢得下一代的喜爱”[1]。从此以后，安徒生在童话创作的道路上一发不可收。他的前六部童话集出版于1835至1841年，此时这六个集子的副标题是“为儿童讲述”。从1843年开始，安徒生的童话集不再使用这个副标题，而是起名为“新童话”，作者希望为不同年龄的读者创作，让小读者的父母在阅读童话之时也能有所思考，他着力对童话这种文体进行革新，实现浪漫派的理想，让童话在丹麦也能走出儿童的游戏室，成为诗艺的象征。1852年起，原来的“童话”（Eventyr）改为了“童话故事”（Eventyr og Historier），直到1873年为止，几乎每年圣诞节之际都会有一本童话故事集问世。如今的读者欣赏安徒生优美动人的童话经典之时，可能不会想到，安徒生的童话创作之路曾经历过这些曲折。

童话被视作儿童文学，这不只是19世纪上半叶丹麦文坛的偏见，也是包括中文读者在内的很多当代读者的误解。毕竟，语言和文化背景无疑会影响人们对许多概念的认知，

[1] 1835年1月1日致亨丽埃特·汉克信：https://andersen.sdu.dk/brevbase/brev.html?bid=874（访问于2023年9月16日）。

在很多人看来，“童话”这个中文概念顾名思义就是“儿童的话”，至少也是“和儿童有关的话”。甚至在线辞海对它的解释都是“儿童文学的一种。通过丰富的想象、幻想和夸张来塑造艺术形象，反映生活，增进儿童思想性格的成长。一般故事情节神奇曲折，内容和表现形式浅显生动，对自然物的描写常用拟人化手法，能适应儿童的接受能力”。因此，很多当代中国作家创作童话时，有意把作品书写成适合少年儿童阅读的幻想故事。这当然是中文的“童话”概念和英、德、法语等欧洲语言中的“童话”概念的区别。世界文学中有很多被称作“童话”的篇章——如《一千零一夜》中的一些包含了情欲描写的故事、浪漫派作家充满了象征意义的复杂童话如《鲁尼山》等、奥斯卡·王尔德等唯美主义作家的童话，甚至格林兄弟《儿童和家庭童话》中的一些篇目（描写杀子、食人情节的《杜松树》，暗示乱伦情节的《千兽皮》等）——既不是儿童文学，也不反映儿童生活，并不是“童话”这个中文概念可以涵盖的。安徒生也多次强调，自己的童话故事不应只有少年儿童阅读，少年儿童和成年人可以通过不同的视角从这些作品中读出不同的内涵。阅读和研究西方童话时，不应也无法把作品套进中文的“童话”概念中，否则可能会过于关注情节的教育意义，忽视文本承载的审美意义等文学功能。

那么，西方文化语境中的“童话”概念应作何解释呢？

“童话”的封闭世界

如果没有特殊说明，“童话”一词一般指的是民间童话。这是一种特殊的叙述作品，其前身可回溯到古希腊罗马和中世纪的民间故事，是无法阅读书写的百姓口口相传的简短故事，给人提供茶余饭后的谈资，内容离奇，可信度不高。童话一般被视作一种口头流传的文学形式，但鉴于流传至今的民间童话多是有过文字记录的，我们如今能够接触到的童话篇目只是多少保留了一些口头文学的特征。18世纪末，一些德意志知识分子和艺术家看到，自18世纪上半叶启蒙主义在欧洲兴起以来，拘泥于书本的教条式理性横行跋扈，他们担心人类细腻的情感和瑰丽的想象力受到过度理性的排挤。于是，文学家兼理论家弗雷德里希·施莱格尔及其兄长奥古斯特·威廉·施莱格尔、诗人诺瓦利斯、小说和剧作家路德维希·蒂克等年轻文人开展德意志浪漫派运动，号召人们把目光转向一个理想化的古代黄金时代，即一个用诗和童话代替教条和公式的虚构年代，以求用诗和幻想的无限代替书本上的有限，用懵懂时代天真无瑕的完整代替现代世界分门别类的破碎，用反思的理性和艺术的诗意重建一个更高级的黄金时代，让艺术精神成为这个时代的主导。在这场回溯过往的浪漫派大潮中，许多德国文人学者收集整理各地的民间文学，希望在文化中找到德意志人的精神根源，从民间文学中还原和重塑一种日耳曼神话，将名存实亡的神圣罗马帝国下属的300多个小公国用文化凝聚在一起，恢复中世纪统一帝国的荣光。雅各布和威廉·格林兄弟二人收集的《儿童和家庭童话》即是其中最著名的成果。格林兄弟典雅又不失民间语言之朴实精练的语言风格，以及高超的叙事技巧，让这些童话文本被读者视作“童话”的范本。

既然童话源自平民百姓口口相传的简短故事，它的语言总是朴实粗犷的，便于人们直接讲述；而且，读者不难发现，很多经典童话的情节套路都差不多：主角为完成某项任务而离家，得到神奇力量的帮助，完成任务，遇到第二个甚至第三个难题，再次在神奇力量的帮助下解决难题，最终得到奖励。这种结构上的程式相当于童话的骨架，程式中的每一个细小的步骤——如神奇动物的帮助——在文艺学上被称作“动机”，相当于童话的每一根骨头。讲童话的人可能早就把自己多年前听过的故事细节忘光了，只记得这副骨架，就给这些梗概即兴添加各种细节，让童话成了一种变化无穷却又万变不离其宗的鲜活民间艺术。

百姓讲故事，当然最愿意讲激动人心的冒险故事。因此，魔法童话或冒险童话一般被视作最为典型的童话，即大众一提起“童话”这一概念就会联想到的内容。不可思议的神奇故事——这正是很多欧洲语言的使用者一听到“童话”这个概念时就会联想到的内容。很多西方学者对这一文体进行定义时也把童话和“神奇”联系起来，用“神奇事物”（Bolte-Polivka）、“奇迹动机”（Helsinki）、“非凡的”（Thompson）、“和神奇事物密不可分”（Löwis of Menar）等属性来定义童话。[1]不过，这些学者都承认，“神奇”这个特征性属性只能描述一部分童话文本。被誉为童话范本的《儿童和家庭童话》中的篇目《幸运的汉斯》《万能博士》等就和神奇事物无关，而且神奇事物的出现也不能将童话区别于与之相近的民间传说、宗教传说和神话等文体。也有一些学者尝试着避免使用“神奇事物”定义这种文体，如瑞士文学研究者麦克斯·吕蒂称，“童话是一种世俗性的冒险叙事，具有精练升华的风格形式”。[2]当然，这种定义仍然无法摆脱将“冒险”视作童话核心的窠臼。

吕蒂在著作《童话》中指出，也可以换一种方式描述这种文体，即把童话和几种近似的民间文学文体区分开。除童话外，常见的西方民间文学还包括传说、神话、寓言、轶闻等，其中传说和童话最为接近，但仍然大不相同。日常生活中，德国人会说“Erzähl mir keine Märchen”（字面意义：别给我讲童话了）表示自己不相信，而“Michael Schumacher wurde zur Legende”（字面意义：迈克尔·舒马赫成了宗教

[1] Max Lüthi, *Das europäische Volksmärchen: Form und Wesen*, Stuttgart: UTB, 2005, S. 2.

[2] Max Lüthi, *Das europäische Volksmärchen: Form und Wesen*, S. 2.

传说）则有“一代传奇”之意。看来，人们默认童话完全不可信，传说则和现实多多少少有些关联。在童话中，人可以和动物直接交谈，仙女或魔鬼可以直接出现在凡人面前，本应属于两个世界维度的神奇事物和平凡事物被直接混杂在一起，神奇事物的出现理所当然，童话的叙述者也显然知道这些都是编造的，讲童话只是为了娱乐，这就让童话有别于民间及宗教传说。民间传说讲述的是和某些事件、人物或地点联系在一起的神奇故事，如亚瑟王传说、伦敦塔传说和各地的城市怪谈等，宗教传说则跟宗教事件、人物、物件联系在一起，如基督教圣人传说等。在传说中，神奇事物确实被叙述为不可思议的非自然事物。有人认为自己在夜幕下的伦敦塔里看到两个小孩手拉手行走，联想到失踪在塔里的爱德华五世及其弟理查王子，感到惊恐万分，这才让伦敦塔中小王子的传说流行开来。因而，至少在一定时间范围内，人们讲述传说时，对故事中神奇事物在现实中的存在深信不疑。

神话诞生于远古时代，它的出现源于当时人类的认识能力。神话将日出日落、季节变迁的过程用神的活动演绎出来，旨在用人类可以理解的方式解释巨大可怖的世界，它叙述的角色是神（包括动物和人形的神以及具有神之力的英雄），区别于叙述世俗主角的童话。常以动物为主角的寓言是基于教育等目的而创作的文本，需要人们在阅读的过程中联想现实世界的情况，不同于娱乐性更强的童话。另一种简短的民间文体——轶闻则幽默诙谐，往往语言粗俗，对不忠的伴侣、淫秽的神职人员、狡猾的商人等世俗人物加以辛辣讽刺，是底层民众发泄情绪的一种手段，童话却没有这种讽刺之意。

传说、神话、寓言和轶闻这几种民间文学都或多或少地在某种层面上跟现实世界紧密相连，童话在体裁内容上自由得多，没有现实层面上的意义。这种比较和区分让人隐隐约约地感到，童话和现实的关联是了解童话本质的着眼点。

现在我们离童话的本质越来越近了：这是一种民间的口头文学，其内容自由地游离于现实之外。除此之外呢？童话到底是怎样的一种文体？我们不妨先来读一篇真正的童话：

七只乌鸦

据传说，以前有一户人家，父母生了八个孩子，其中七个是儿子，最小的一个是女儿。这个女儿生下来以后，尽管非常漂亮可爱，但她太纤弱太瘦小，他们认为她可能活不下来，决定马上给她施行洗礼。

父亲派了一个儿子要他赶快到井边去打点水来，其他六个一看，也一窝蜂似地跟了去，每一个都争先恐后地要第一个汲水，你争我夺之中，他们把大水罐给掉到井里去了。这一下，他们可就傻眼了，你看看我，我看看你，痴呆呆地站在井边不知如何是好，都不敢回屋里去。此时，父亲正心急火燎地等着他们把水提来，见他们去了很久还没有回来，就说道："他们一定是闹着玩把这事给忘了。"他左等右等仍不见他们回来，气得大骂起来，说他们都该变成乌鸦。话音刚落就听见头上一阵"呱呱"的叫声传来，他抬头一看，发现有七只煤炭一样黑的乌鸦正在上面盘旋着。看到自己的气话变成了现实，他后悔了，不知道该怎么办才好。他失去了七个儿子，心里非常悲伤，好在小女儿在接受洗礼之后一天比一天强壮起来，而且越长越漂亮了，总算对他这个父亲有一点安慰。

女儿慢慢长大了，她一直不知道自己曾经有过七个哥哥，爸爸和妈妈都很小心，从来不在她面前提起。终于有一天，她偶然听到人们谈起有关她的事情，他们说："她的的确确很漂亮，但可惜的是她的七个哥哥却因为她的缘故而遭到不幸。"她听到这些后非常伤心，就去问父母，她是不是有哥哥，他们到底怎样了。父母亲不好再对她隐瞒事情的真相。为了安慰她，他们说这一切都是上帝的意愿，她的出生降临是上帝的安排，她是无罪的。但小姑娘仍然为此吃不下饭，睡不好觉，天天悲伤不已。她暗下决心，一定要想方设法把自己的七个哥哥找回来。有一天，她从家里偷偷地跑了出去，来到外面广阔的世界，到处寻找自己的哥哥。她想：无论他们到了什么地方，她不惜自己的生命，也要让他们恢复本来面目，重新获得做人的自由！

出门的时候，她只带了爸爸妈妈以前送给她的一只小戒指，加上一块用来充饥的长条面包和一壶用来解渴的水，一张疲倦时用来休息的小凳子。她走啊，找啊，不停地寻访着，一直找到遥远的天边，来到太阳面前。但太阳太热太凶猛了，她急忙跑开，又来到月亮面前。可月亮又太寒冷太冷酷，还说道："我闻到人肉和血腥味了！"她赶紧又跑到了星星那里。星星对她很友好，很和气，每颗星都坐在他们自己的小凳子上。当启明星站起来往上飞时，他给了小姑娘一片小木块，说道："如果你没有这片小木块，就不能打开玻璃山上那座城堡的门。你的哥哥们正是住在那座城堡里。"小姑娘接过小木块，把它用布包好，告别星星，起程又继续寻找她的哥哥们去了。

经过艰苦跋涉，她终于找到了玻璃山。来到城门前一看，门是锁着的，她拿出布包解开，发现里面的小木块不见了，不知是什么时候自己把好心的启明星送的礼物失落了。怎么办呢？她要救哥哥们，可又没有了玻璃山城堡的钥匙。这位坚定忠实的小妹妹一咬牙，从口袋里掏出一把小刀把自己的小指头切了下来，那指头的大小正好和失落的木块相同，她将指头插进门上的锁孔，门被打开了。

她走进城堡，迎面遇到了一个小矮人，他问道：“你来找什么呀？”小妹妹回答说：“我来找那七只乌鸦，他们是我的哥哥。”小矮人说道：“我的主人不在家，如果你非要等他们回来的话，就请进来吧。”这时，小矮人正在为乌鸦们准备晚餐，他在桌子上摆了七个盘子，在盘子里放好食物，又端来七杯水放在盘子旁边。小妹妹把每个盘子里的东西都吃了一小块，把每个小杯子里的水也喝了一小口，又将她随身带来的小戒指放进了最后一只杯子中。

忽然，她听到空中传来了翅膀拍击的声音和“呱呱”的叫声，小矮人马上说道：“我的主人们回来了。”她连忙躲到门后面，想听听他们会说些什么。七只乌鸦一进来，就急于找自己的盘子和杯子想要吃东西喝水，他们一个接一个地叫道：“谁吃了我盘子里的东西？谁把我杯子里的水喝了一点点？呱呱呱！呱呱呱！我知道了呀，这一定是人的嘴巴。”

第七只乌鸦喝完水，发现杯子里有一只戒指，他仔细一瞧，认出了这是他们父母亲的东西，就说道：“嗳！我们的小妹妹来了！我们就要得救了。”小妹妹听到这里，马上跑了出来。她一露面，七只乌鸦立即都恢复了人形。他们互相紧紧拥抱，亲吻，一起高高兴兴地

▲

路德维希·卡岑施泰因1892年绘：雅各布和威廉·格林
在卡塞尔市下茨维伦镇的童话叙述者朵萝泰亚·斐曼家里。
兄弟二人是在浪漫派诗人克雷门斯·布伦塔诺和阿希姆·冯·阿尔尼姆等人
的启发下开始收集童话的，他们的童话主要来自
如今德国黑森北部城市卡塞尔周边地区的民间流传，以及文献资料。
两人在1813年结识了58岁的朵萝泰亚·斐曼，
老妇人为他们提供了《忠实的约翰》《十二兄弟》
《聪明的艾尔莎》《小农民》《三片羽毛》等故事。

回到了他们的爸爸妈妈的身边。[1]

《七只乌鸦》是格林兄弟编撰的《儿童与家庭童话》中的名篇，也是当代读者讨论童话的可读性时常常提到的一篇。很多读者对文本中一处残忍的细节耿耿于怀：女主角为了打开玻璃山的门，切下一根手指当作钥匙，门打开后这个伤口就被叙述者遗忘了，这一句的德语原文中连“小妹妹一咬牙”都没有，可是这个“小妹妹”不觉得疼吗？童话中的角色既没有肉体属性，也没有内心世界。这篇童话中，父亲“心急火燎”就破口大骂，甚至诅咒自己的七个儿子，兄妹重逢后欣喜万分，就“互相紧紧拥抱，亲吻”，不是喜怒哀乐溢于言表，而是喜怒哀乐只能用行动和语言体现出来。民间艺术家讲故事的重点是叙述新鲜的情节，不可能每次都用大量篇幅剖析人物心理，何况这些故事诞生之时，心理学还没有出现。于是，童话角色显得很是平面化，没有肉体和内心世界，与时代和社会也没有关系。《七只乌鸦》中的父母要让小女儿受洗，这个故事的背景俨然是基督教化的中世纪欧洲，但女主角追寻七个哥哥的路上遇到的是带有异教神话色彩的拟人化日月星辰，很难说清这个童话讲的是什么时候

[1] https://www.grimmstories.com/zh/grimm_tonghua/qi_zhi_wuya（访问于2023年9月16日）。

的事，事情又发生在哪里。

这个故事的背景肯定跟我们的现实世界完全不同：父亲诅咒七个儿子，看到他们真的变成乌鸦后，“他后悔了”，而不是吃惊或害怕了，仿佛诅咒成真是理所当然似的。这种“理所当然”也是童话的特殊属性之一：在童话中，凡间世界和超凡世界处于同一维度上，童话中的人理所当然地跟仙女和神奇动物对话，心安理得地使用别人送给自己的魔法器物，对原应属于超凡世界中的事物没有丝毫的距离感和陌生感。童话不会模仿现实世界，而是把世界转变为一种抽象的形式。它不会描述，只是列举提及，小妹妹“一天比一天漂亮”，她到底是什么样子呢？没有人知道，她就只是一个抽象的漂亮女孩的形象。童话中没有渐变或杂糅的形象，常常出现的是明晰的形状（指头的大小正好和失落的木块相同）、纯净的色彩（煤炭一样黑的乌鸦）、坚实光滑的物质（玻璃山）、特定的数字（七个哥哥，在太阳、月亮和星辰那里的三次奇遇）和种种极端情况（太阳太热太凶猛，月亮太寒冷太冷酷）。另外，童话固定的结构模式和多次重复的元素也是抽象风格的一种体现。七只乌鸦换成六只天鹅，我们就得到了格林兄弟的《六只天鹅》的前半篇。

《七只乌鸦》的核心是亲人之间的血脉纽带，但年幼的小妹妹可以离家万里，走到天涯海角，面对日月星辰，孤身一人，远离自己的家族和社群；另一方面，她可以随时和包

they lived happily ever after/Und wenn sie nicht gestorben sind, dann leben sie noch heute）则标志着这场具有疏远氛围的幻梦终结，读者可以回到现实世界。

一维、平面、抽象、符号、疏远和熟悉，把这几个关于童话的关键词组合在一起，我们得到一个对童话概念的解释：

> 童话是一种特殊的叙述文体，其一维的世界、平面的角色、抽象的风格，把客观和主观世界进行符号化改造凝练，营造出一种疏远于现实的氛围。

主要的几种欧洲语言中的“童话”概念里，最符合这一文体的内涵的是德语概念Märchen，这个德语词来源于中古德语中的Mär，原指不可信的短篇作品，强调的是童话的叙述属性。英语的tale，法语的conte，意大利语的conto，荷兰语的sprookje和vertellinge都仅指叙述作品，英语的folktale和legend，法语的légende，意大利语的fiaba和favola含义更偏重于“传说”，而英语的fairy tale和法语的conte de fée这两种最常用的童话概念只表示特定的仙女童话。[1]安徒生使用的丹麦语中，表示“童话”的eventyr来源于拉丁语的adventura，强调的是冒险性质的故事情节。当

1 Max Lüthi, *Das europäische Volksmärchen: Form und Wesen*, S. 1f.

然，安徒生的156篇童话故事中，真正讲述冒险故事的数目并不多。而且，安徒生的童话作品并非上述平面抽象的民间童话，而属于作者童话。

英语中表示“作者童话”的概念literary fairy tale借鉴的是德语的Kunstmärchen，后者意为“艺术童话”或“人造童话”，强调的并非这类童话的艺术性，而只是说明这些童话文本不同于匿名口头流传的民间童话，是某个有名有姓的作者按照民间童话的某个或某些特定属性进行的创作，如模仿童话天马行空的想象力，特意援用来自民间童话的素材和动机（如富凯的童话《温蒂娜》使用水妖和中世纪骑士等素材），使用民间童话中常见的重复模式（如蒂克童话《金发的艾克贝尔特》中鸟儿歌曲重复出现了三次），或故意戏仿甚至背离以往童话模式（如蒂克《穿靴子的猫》中的观众角色对童话情节的批评，以及王尔德《夜莺与玫瑰》故意设计了跟安徒生童话《夜莺》完全相反的结局）等，更有一些作者试着艺术化地重新构建童话的所谓“自然性”，故意模仿民间童话朴素的语言和简单的情节。只有当这些来自民间童话的素材和模式被读者观察到时，作者童话的文本才会被视作童话。可以说，作者童话和民间童话间存在一种互文性关系，单独的民间童话文本或/和民间童话这一文体以某种形式出现在每一篇作者童话中。作者童话类似于一种建立于民间童话之上的“元童话”。

一个作者在创作童话之时有意或无意地借鉴民间童话，这个过程中包含了对自我和他者的比对，即一种意识、一种自我反思，作者和作品之间因而产生了一段理性的距离。这个在复杂文本中重塑单纯的过程和浪漫派再造诗意年代的理想不谋而合，早期浪漫派运动发起人之一——诺瓦利斯甚至认为，一切文学作品最后都应变成童话，既然诗的本质是纯粹和自由，童话即诗的最高形式。作者童话创作的高峰因而出现于德国浪漫派。

不过，作者童话并非浪漫派的产物。作者在文本中指涉民间童话，让自己的童话成为意有所指的复杂文本，和只有一重含义的民间童话相比，多了一重作者的自我意识。作者利用作品展现自我——上帝和君主以外的主体，虽然这在现代人看来是理所当然的，其实只是人文时代兴起之后的新情况。作者童话也确实出现于新时代之初，即16世纪的意大利。一般认为，意大利作家斯特拉帕洛拉（Giovanni Francesco Straparola，约1480—约1558）的文集《宜人的夜晚》（*Le piacevoli notti*，1550—1553年间出版）中的21篇童话是新时代最早的作者童话。当时中世纪走向尾声，人文主义逐渐兴起，人们书写和阅读的精神需求逐渐增强，斯特拉帕洛拉仿照薄伽丘《十日谈》的诙谐风格和框架叙述结构，在欧洲民间童话的启发下创作了这本通俗读物。到了17世纪，印刷物逐渐普及、阅读者越来越多，随着《一千零一夜》等具有异域风情的东方故事由法国传遍整个欧洲，阅读具有无穷想象力的童话成了一种新的潮流。17至18世纪的法国作家查尔斯·贝罗和多尔诺瓦夫人等人创作的仙女童话（conte de fée）以宫廷和贵族女性生活为蓝本，融合西方民间和东方童话素材，最大限度地迎合了读者对幻想和高雅品位的需求，而且篇幅短小，很适合人们在市民及贵族沙龙上讲述。从17世纪中叶到18世纪中叶，这些仙女童话风靡全欧，甚至一度让个别狂热读者对仙女产生疯狂迷恋之情。德国作家克里斯多弗·马丁·维兰德的小说《罗萨尔瓦的堂·西尔维奥历险记》（1772）就讽刺夸张地讲述了西班牙贵族少年堂·西尔维奥耽于仙女童话不可自拔，带着用人进行堂吉诃德式的“冒险”。

维兰德本人和许多同时代德国文人一样喜爱童话，他创作这部幽默小说，当然不是打算号召人们抵制童话，只是希望警醒读者，不要不加反思地沉迷于任何一种精神产物，童话也好，骑士小说也好，宗教道德也好，人不能活在这些事物之中，必须主动划清虚幻和现实的界限。毕竟此时已经轮到启蒙运动登场，人类应运用理性的光芒驱散宗教迷信笼罩在头顶的阴霾，独立求索。启蒙运动提倡尊重人权，再加上法国大革命之后宫廷贵族沙龙文化衰微，市民阶级逐渐兴起，况且英国、德国、意大利等欧洲国家原本也没有法国那样的中央集权的制度和繁荣的宫廷文化，因此，收罗

17和18世纪仙女童话的41卷本合集《仙女小屋》(*Cabinet des Fées*)在1785—1789年间陆续出版之后，有影响力和文学水准的仙女童话新作少了很多。启蒙时代作家童话的素材不再来源于宫廷生活，戈特弗里德·奥古斯特·毕尔格、克里斯多弗·马丁·维兰德、歌德的妻舅克里斯蒂安·奥古斯特·乌尔皮乌斯等人另辟蹊径，从古典时期的素材、异域故事和中世纪民间文学中寻求灵感进行创作，让人们的目光逐渐投向往昔。

18世纪末，歌德的《童话》(1795)用自己不容置疑的响亮标题宣告了德国浪漫派作者童话的兴起。浪漫派童话不像民间童话那样是在漫长的岁月积淀中逐渐“生成”的，而是作者对自己理念的一种形象化演绎。诺瓦利斯、路德维希·蒂克、布伦塔诺等浪漫派文人相信，民间童话源于人类从自然中异化出来以前懵懂而富于诗意的黄金时代，即格林兄弟、阿尔尼姆、布伦塔诺等人收集的民间文学指涉的那个时代。他们希望创作全新的童话，还原和提升这种失落的自然状态。这些浪漫派的作者童话相当于利用民间童话的素材和模式演绎作者的理念，往往不独立成篇，要么像诺瓦利斯《海因里希·冯·奥夫特丁根》中的《亚特兰蒂斯童话》那样出现于一本长篇小说中，要么像蒂克《奇幻集》那样是一部有场景框架的童话集，甚至如霍夫曼的《布拉姆比拉公主》那样，在一个童话中出现了另一个童话，作为插入文本具有启发和教化读者的意义。浪漫派作者希望用艺术引发读者反思，思考白日里看似毋庸置疑的感知世界是否真实，黑夜中种种物象隐去后，千万思绪营造出来的奇异世界又是否真的只存在于幻想。作者童话追寻感知世界背后陌生的真实。这些作品有的充满了象征符号，成为作者的浪漫派宣言，如诺瓦利斯的《亚特兰蒂斯童话》；有的在民间童话的基础上加上了心理和环境描写，让读者随着角色从熟悉的认知世界一步步走进非现实世界，怀疑哪里才是真正的真实，如蒂克《金发的艾克贝尔特》和霍夫曼《格鲁克骑士》。浪漫派作者童话对童话这一文体的改造拓展让童话不再仅仅是一种娱乐性的民间文学体裁，而成了感性和幻想的象征——即诗意本身的象征。这些浪漫派童话在19世纪上半叶的欧洲流传甚广，对威廉·豪夫、安徒生、特奥多尔·施托姆等市民时代作家产生了深远影响。

安徒生的童话革新

从1843年开始，安徒生称自己的童话作品为“新童话”。事实上，从第一篇正式出版的童话作品《打火匣》开始，安徒生就给童话文体灌输了全新的血液。他于1835年出版的第一部童话集包括《打火匣》《小克劳斯和大克劳斯》《豌豆公主》和《小意达的花儿》四篇作品。这部童话集出版后引发了一些讨论。一些评论家认为这个年轻作家口语化的表达方式毫无章法，难登大雅之堂。更有评论家称这些从儿童的角度叙述世界的童话没有和儿童读者之间拉开应有的距离，没有以成年人的身份对儿童读者进行教育和约束，会纵容儿童的狂野天性，不仅不合规矩，也是十分危险的。尤其是《豌豆公主》一篇，通篇没有教育儿童任何道德准则，只是供孩子们一笑。这些批评，正如《小意达的花儿》中的枢密顾问官听到学生给小意达讲述花儿奇妙的微观世界后，批评学生时所说的"居然把这样的怪念头灌进一个孩子的脑子里去，全是些没有道理的幻想！"

这几篇童话之所以遭到主流评论家的批评，也是因为19世纪上半叶还没有出现真正的儿童心理学研究，人们对儿童认知世界的独特方式并不了解，只是把儿童当作缩小的成人。虽有哲学家卢梭于18世纪60年代第一次提出儿童时期独立于成人时期，应赋予儿童最大限度的自由，让他们充分发展天性，但在他之后的70年间，真正关注儿童独特的思维方式和自由天性的只有一些浪漫派文人，探究过儿童心理特征和社会状态的作家更是寥寥无几，安徒生则打破了僵化的既定规则，成了第一个让儿童在文学作品中用自己的声音说话的作家——而不是使用成年人的口吻。因此，同样欣赏儿童纯真天性的著名科学家、思想家汉斯·克里斯蒂安·奥斯特对这些童话故事流露出的清新自然予以极高评价，奥斯特预见了安徒生把鲜活的儿童形象引入文学作品之举的变革意义，预言同年出版的长篇小说《即兴诗人》或许会让安徒生成名，这些童话则会让他不朽。

除了在内容上的革新之外，安徒生的童话还给童话的语言艺术带来了变革。安徒生对口语和儿童语言的运用具有开创性。他较早的童话中有数篇改编自自己幼时听过的民间童话，如第一本童话集中的第一篇作品《打火匣》（1835）源自《儿童和家庭童话》中收录的《蓝灯》，《旅伴》（1835）类似《儿童和家庭童话》中收录的《小海兔》，《野天鹅》（1838）则源自较早的民间童话《六只天鹅》。安徒生保留了这些民间童话的结构和主要情节，但对里面的一些动机和素材进行了市民化和生活化的改编，在他笔下，《打火匣》里的士兵得到的神奇事物从具有异域风情的神灯和黑皮肤小人儿变成了市民化的打火匣和三条守卫犬。除去这些"故事新编"之外，每本童话集中都有几篇童话是作者的原创。无论创作灵感来自他人还是自己，安徒生希望"捕捉一个成年人的想法，然后把它讲给小孩子"[1]。他构思童话时使用的是成年人的理性，呈献给读者的是用贴近儿童精神世界的艺术化语言写就的作品。

---

[1] 1843年11月20日致贝恩哈特·塞维林·英格曼信：https://andersen.sdu.dk/brevbase/brev.html?bid=3034，（访问于2020年4月30日）。

“讲述”和“儿童”正是安徒生童话语言风格的两个关键词。如上所述，安徒生完成一篇童话作品前，先要把它朗读甚至演绎给他人，他很擅长用声音和表情让旁人在倾听自己朗读时产生身临其境之感。他会在朗读之时生动地扮演故事中的角色：“笨拙的德国佬、美丽动人的公主、在‘打火匣’里的女巫或是动作幽默的小动物，安徒生能惟妙惟肖地模仿出这些动物的有趣声音，但却一点也不夸张……”[1]

他要把童话绘声绘色地表演给面前的大众看，要让人们相信，他自己就是故事中的怪物、公主和会说话的动物，听众则身临其境地见证了故事。我们比较一下《野天鹅》和《六只天鹅》的开头：

> 当我们的冬天到来的时候，燕子就向一个辽远的地方飞去。在这块辽远的地方住着一个国王。他有十一个儿子和一个女儿艾丽莎。这十一个弟兄都是王子。他们上学校的时候，胸前佩戴着心形的徽章，身边挂着宝剑。他们用钻石笔在金板上写字。他们能够把书从头背到尾，从尾背到头。人们一听就知道他们是王子。他们的妹妹艾丽莎坐在一个镜子做的小凳上。她有一本画册，那需要半个王国的代价才能买得到。(《野天鹅》)

---

1 [丹麦]詹斯·安徒生《安徒生传》，第191页。

从前，有一位国王在大森林里狩猎，他奋力追赶一头野兽，随从们却没有能跟上他。天色渐晚，国王停下脚步环顾四周，这才发现自己已经迷了路。他想从森林里出来，可怎么也找不到路。这时，国王看见一个不住地点头的老太婆朝他走来，那是个女巫。[1]（《六只天鹅》）

很明显，《六只天鹅》从成年人的角度切入故事，《野天鹅》的开篇则用市民和贵族儿童熟悉的事件（上学）与物件（写字板、画册）和一个有名字的儿童主角（艾丽莎）展现出一个让儿童感到亲切的叙述世界。作者将听众和读者带入故事中，让他们相信自己身临其境地见证了故事，甚至是故事中的一分子，参与完成了这个故事。所以，他往往在故事开篇用“我们”或“你们”直接与听众/读者对话，听众/读者被叙述者的呼唤引入文本，在不知不觉中扮演了作者心目中虚构的听众角色（沃尔夫冈·伊瑟尔的“暗含读者”概念），主动参与到故事情节的创作和推进中。就这样，这些童话的文本成为一种与观众互动的独角戏的剧本——从小有着舞台梦却始终没能如愿的安徒生创作过两部真正的戏剧，却没能取得成功，反倒是他的童话作为一种和观众互动的表演艺术要成功得多。

---

1 https://www.grimmstories.com/zh/grimm_tonghua/liu_zhi_tiane（访问于2023年9月16日）。

既然安徒生把童话文本设计成互动式表演的剧本，相应地需要把民间童话对童话动机素材的平铺直叙改造成一幕幕舞台分镜。安徒生常把叙事集中在几个具有舞台布景设计的分镜中，并加入幽默夸张的表述，让听众/读者对角色和情节印象深刻，这也是画家特别容易根据安徒生童话绘制插画的原因。例如《打火匣》的开篇。这是安徒生1835年第一本童话集的第一篇童话，其情节和叙事结构基本遵循格林兄弟的《蓝灯》，在很大程度上延续了民间童话的抽象和平面化的特征属性，现实主义风格的细节描写较少，是安徒生所有童话中最接近民间童话叙事的一篇。但它的开篇仍然是这样一个经典分镜：

> 公路上有一个兵在开步走——一，二！一，二！他背着一个行军袋，腰间挂着一把长剑，因为他已经参加过好几次战争，现在要回家去。他在路上碰见一个老巫婆；她是一个非常可憎的人物，她的下嘴唇垂到她的奶上。她说："晚安，兵士！你的剑真好，你的行军袋真大，你真是一个不折不扣的兵士！现在你喜欢要有多少钱就可以有多少钱了。"

模仿士兵行进口号的"一，二！一，二！"无疑是安徒生童话生涯开始之时在文坛鸣起的第一声惊雷。1835至1837年间，安徒生的前两卷童话作品得到了四篇评论，这些评论普遍认为安徒生童话的语言风格轻率且不文雅，作家“试图借助一种更生动，但却更杂乱无章的口语叙事方法”[1]。安徒生童话的语言艺术打破了19世纪30年代丹麦文学创作的规则教条，即不能用口语方式破坏文学最本质、最美好的本性。[2]作家不仅要用口语打破叙述者/讲述者和读者/听众之间的界限，赋予艺术作品的接受者参与创作的主动性，还要给作品加入各种音效，选用各种各样描述和模仿声音的词句，让这些童话作品的语言朗朗上口，成为一件兼具舞台布局、音效、演员、旁白和观众的戏剧化作品：

“啊，你应该学会听鼓皮的话！隆咚，咚，咚，咚！”

“Du skal lære at lystre Trommeskindet! trommelom! kom, kom!”[3]

（《黄金的宝贝》，译文和原文）

花园里有一条很宽的小溪在流着。但是它的两岸又低又潮湿。癞蛤蟆和她的儿子就住在这儿。哎呀！他跟

---

[1] [丹麦]詹斯·安徒生：《安徒生传》，第200页。

[2] [丹麦]詹斯·安徒生：《安徒生传》，第201页。

[3] https://www.hcandersen-homepage.dk/?page_id=1327（访问于2023年9月16日）。

▲
伊丽莎白·鲍曼的原画临摹品：安徒生为一个生病的孩子讲童话。

他的妈妈简直是一个模子铸出来的，也长得奇丑不堪。“阁阁！阁阁！呱！呱！呱！”当他看到胡桃壳里的这位美丽小姑娘时，他只能讲出这样的话来。(《拇指姑娘》)

可以想象，安徒生在儿童游戏室给他的小听众们绘声绘色地朗诵这两段时，孩子们会有多开心。他了解儿童。安徒生出身贫寒，对此一直有一种自卑之情，因此始终不能全身心融入哥本哈根的上流社会，对成人的势利和虚荣充满厌恶，也不曾经历过真正的婚恋，甚至对肉体接触感到恐慌，一生中追求的总是精神上父兄的引导，在情感和精神上比较贴近纯真的儿童，因此格外理解儿童的内心世界。他的童话贴近儿童的语言风格。友人爱德华·柯林在回忆录中描述安徒生朗读童话的情景时写道：

> 故事无休无止地继续着，其中不仅有大量孩子们熟悉的成语，还要配上恰如其分的手势，于是，原本乏味的语言变得生动活泼，他永远也不会这样说：“孩子们上了马车，马车开走了。”而是说：“他们上了马车，高声喊着，爸爸再见，妈妈再见，车夫甩了几下鞭子，鞭子在空中发出劈啪的响声，马车启动了，伴着嗒嗒的马蹄声，马车越跑越快！”而那些后来听他讲自己童话的成年人，对于这种在孩子中所释放的活力，以及故事的生动性，几乎毫无感受。[1]

[1] [丹麦]詹斯·安徒生《安徒生传》，第191页。

安徒生为儿童讲述童话，也从儿童的角度讲述这些故事，这不仅是为了争取下一代读者，更是出于他对童真的信仰。他相信，上帝出于无私创造世界，把自己的精神分享给万物，这个充满想象力的过程中具有一种儿童游戏的自由和纯粹，因此儿童比成年人更贴近上帝，“除非你成为一个孩子，你决计进入不了上帝的国度！”(《白雪皇后》) 安徒生尝试着用童话来表现这种信仰观，不仅要让儿童听众/读者保持纯真，还要让成年人暂时变成孩子，暂时用赤诚的信仰摆脱物质世界的诱惑，而且听完后可以反思出，作者透过轻松简单的故事情节专门写给成年人的象征和劝诫含义。孩子们听完《丑小鸭》后，会惊异于农场中丰富奇妙的动物世界和丑小鸭历经艰辛变成白天鹅的命运，成年人则会思考农场动物的小世界对虚荣势利的人类世界的影射，以及“丑小鸭”这个异类角色和在哥本哈根文坛及批评界受到排挤的安徒生本人的共同之处。

从远方回归生活

在1843年的一封写给丹麦作家贝恩哈特·塞维林·英格曼的信中，安徒生称:“我出版的第一批（童话）大多是过去的童话，它们是我儿时听过的，我常常按照自己的方式讲述和改编这些童话；我自己创作的那些，比如《海的女儿》《鹳鸟》《雏菊》，却得到了更多的好评，让我大受鼓舞。”如果把安徒生19世纪30年代创作的童话和40年代之后的童话作品进行比较，可以看出，早期的安徒生童话中吸收了大量来自民间童话中的素材，中晚期的作品则大多为作者原创，且逐渐摆脱民间童话形式上的固定模式。19世纪40年代，安徒生进一步接受和应用浪漫派的童话观念：童话应是创作“万象诗”（Universalpoesie）的平台。他在小说《存在与虚无》（1857）中指出：

> 童话是最为广阔的诗艺王国，它的范围从远古时代血气氤氲的墓碑延续到虔敬天真的传说，吸纳民间文学和作者创作，它是所有诗艺的代表，统治这个王国的人，可以给这个国度加入悲的、喜的、天真的东西，以及讽刺和幽默，可以让抒情诗的琴弦、天真的闲聊和描述自然的语言为自己所用。[1]

童话不仅应该自由地包罗组合世间万物，还应该逐渐网罗其他文体，对所有诗艺的题材加以利用。于是，原本属于寓言（《彗星》《凤凰》等）、轶事（《老头子做事总不会

[1] Leopold Magon, “Hans Christian Andersens Märchen und Geschichten”, S. 591.

错》)、神话(《母亲的故事》《梦神》)、民间传说(《风所讲的关于瓦尔德玛·多伊和他的女儿们的事》)的题材都被吸纳进安徒生的童话。童话的可能性得到了很大的扩充。

安徒生童话题材的覆盖面越来越广，甚至不再秉承魔法/冒险童话这类“标准童话”的传统，把神奇事物当作叙述的核心。他有意地让作品的主角不再局限为人类，动物、植物、器物等都可以成为童话的主角，用语言表述自己的世界。他在童话《幸运女神的套鞋》(1838)中用夜郎自大的月球人影射人类的无知和自大，对人类的自我中心加以讽刺：

> 关于我们的地球他们争论了一番，他们怀疑地球上能不能住人，地球上的空气对于聪明的月球上的居民说来一定是太厚，不适宜居住。他们认为只有月球上才能有生物，而且月球才是最初人类所居住的地方。

具有理智的人类不再是世界的中心和“万物之灵”，因为万物都有“灵”。在用自然精神学说影响安徒生至深的汉斯·克里斯蒂安·奥斯特的思想体系中，这种“灵”即万物中的精神。安徒生通过奥斯特的著作《自然中的精神》了解到，人类的理性精神只是一种广泛地存在于自然之中的精神的一部分。自然是一个广博的物质世界，自然的法则和蕴含在自然中的种种力量中都蕴涵了上帝赋予世间的秩序。因此，无论是自然界的风雨雷电、季节变迁，还是人类研究了自然规律后的科学发现和技术创新，都是神灵力量的体现，人类依循自然规则的举动即让神灵的意志显现，也即宗教中“奇迹”的本质。

安徒生借由这种自然和人类的整体观认识到，“一切都是奇迹，一切都是日常生活中的魔法”，生活本身就是最美丽的童话。既然生活本身就拥有神奇的力量，童话也就不再需要借助超自然力量造就奇迹，创造没有限度的幸福。除了《打火匣》《野天鹅》等脱胎于民间童话的作品之外，安徒生童话中很少出现民间童话那种夸张的乌托邦式幸福结局（happy ending），他的主角们得到的可能只是单一个体朴素单纯的渺小幸福，如《白雪皇后》的结尾，加伊和格尔达历经千辛万苦回到故乡，却没有带回财富和王权，只是长大成人而已；也可能以悲剧和形体上的死亡告终，如《海的女儿》《坚定的锡兵》《卖火柴的小女孩》等童话的结尾，主角获得了心灵的满足，肉体却消亡了。但在角色的主观层面上，这些都是比王位继承权和半个王国加在一起更温暖的幸福。安徒生号召读者们把目光转向生活本身，在生活中寻找平凡的奇迹，而不是一味地盯着虚幻的神奇事物。

安徒生选择用童话这种文体进行创作，为的不是让听众/读者利用神奇事物沉浸在幻想世界中，而是让读者把目光转向原本沉默的远方。神奇事物存在于安徒生的童话中，但这些事物的神奇之处不再是童话的核心，安徒生童话故事描写的是各种角色的生活。但是，不同于现实生活的是，安徒生叙述世界里的生活具有甚于现实的生命力："动物、植物和物件可以思考和说话，甚至有的物件可以动起来。人的感觉和行动都更加强大，可以拥有更了不起、更特殊的能力和潜能，自然中充满了鲜活的力量。……我们的世界和童话世界的基本区别是，童话世界更大、更丰富多彩、更有生命力，灵活自由，方方面面都有更多的可能性——这是这位伟大的童话作家自身鲜活心境的宏大投射。"[1]安徒生童话情节的背景常常是疏远于日常生活的地方——如印度和中国、海洋之下、蝴蝶和花的微型世界，甚至一个豆荚之中。他让沉默的物质世界乃至一些抽象概念（如《乘邮车来的十二个旅客》中的十二个月份）发声，将物拟人化，让听众/读者进入这个广阔无限的自由世界。

安徒生并没有给童话引入新的奇幻元素，早在《伊索寓言》中就得到广泛应用的拟人化手法并不是他的原创，早期创作中改写民间童话的作品也借鉴了民间童话中原有的神奇事物素材、动机和故事结构。他对童话叙述的创新性贡献在于，他的童话叙述拉近了这些来自远方的神奇事物和听众/

---

1 Bo Grønbech, *H.C. Andersens eventyr*. Kopenhagen: P. Branner, 1945, pp.96–97.

读者的距离，利用丰富的细节描写将这些神奇事物生动化，让它们可以为现实世界理解。也正是出于这个原因，安徒生童话故事中，以人类生活、日常生活中的器物、人类花园农庄中的微观动植物世界作为背景的作品，多于以遥远陌生的国度为背景的作品。

"物"成了主角，被赋予了人类的语言，也就沿用了人类的思维和行动方式。学者瓦尔特·贝伦德松称，安徒生在现实当中创造了一个巨大的幻想国度。[1]毋宁说安徒生把幻想的远方改造成现实，扩充了"现实"的范围。除了用口语化的语言拉近听众/读者和这些原本陌生的神奇事物的距离外，他还描述这些事物给人的感官体验，让作品角色的个体体验变成听众/读者的个体体验。他描写微观世界中安琪儿的色彩，使用的是最纯净的金色和透明：

> 在那朵花的中央坐着一个小小的男子！——他是那么白皙和透明，好像是玻璃做成的。他头上戴着一顶最华丽的金制王冠，他肩上生着一双发亮的翅膀，而他本身并不比拇指姑娘高大。他就是花中的安琪儿。（《拇指姑娘》）

[1] Walter Berendsohn, *Phantasie und Wirklichkeit in den* "Märchen und Geschichten" Hans Christian Andersens. Walluf bei Wesbaden: Dr. Martin Sandig oHG, 1973, S.36.

▲

洛伦茨·弗洛里希（Lorenz Frølich）为《沼泽王的女儿》
绘制的插画："她骑马可以不用马鞍，
好像她是生在马身上似的。马飞快地奔驰，她也不会掉下来，
哪怕这匹马跟别的马在互相嘶叫、斗咬，她也不在乎。
当威金人的船要靠岸的时候，她常常穿着衣服从悬崖上跳到海峡的波涛里，
游过去迎接他。她把她美丽的长头发剪下来，搓成弦装在她的弓上。"
赫尔珈是北方的沼泽王和埃及公主的女儿，
诅咒让她白天拥有母亲的美丽外貌和父亲的狂暴性格，
夜里则是一只温顺可爱的青蛙。基督教的神圣之爱让她解除诅咒，
回到埃及，却在自己的婚礼当天流连于天国美景，
回到人间后发现几百年的时间已经过去，最终，
她的肉体在初升的阳光中化为灰烬，
灵魂飞向天国。同为被宗教之爱解救的"混合体"，
赫尔珈的故事是《海的女儿》的另一种演绎。

他描绘人物夸张的动作，详细得让人一读就能跟着模仿出来，大概就像他当年给听众朗读童话时所表演的那样：

那些将要托着后裾的内臣们，都把手在地上东摸西摸，好像他们真的在拾起后裾似的。他们开步走，手中托着空气——他们不敢让人瞧出他们实在什么东西也没有看见。(《皇帝的新装》)

还有声响，贵族和平民没听过箭镞飞鸣的声音，他就用人们都熟悉的自然声响做比喻：

空中传来剑和棒碰击的回声，箭飞鸣的回音，就像是她们头上泻下了一阵狂雹一样。(《沼泽王的女儿》)

无色无形的气味是几种感官对象中最难描摹的一种，但童话中鲜活的花朵世界中充满了气味，安徒生把一种花香写成了一幅画面，清幽空灵的风信子香就像缕缕芳魂，甜蜜，惆怅，孤寂，颇有些李贺《苏小小墓》般的凄婉诗意：

从前有三个美丽的、透明的、娇滴滴的姊妹。第一位穿着红衣服，第二位穿着蓝衣服，第三位穿着白衣服。她们在明朗的月光中，手挽着手在一个静寂的湖边跳舞。她们并不是山妖。她们是人间的女儿。空气中充满了甜蜜的香气！这几位姑娘在树林里消逝了。于是香气变得更浓厚。三口棺材——里面躺着这三位美丽的姑娘——从树丛中飘到湖上来。萤火虫在它们上面飞，像些小小的飞灯一样。这些跳舞的姑娘们在睡觉呢，还是死去了。花的香气说她们死了，同时暮钟也在发出哀悼的声音！”(《白雪皇后》)

以及痛楚——安徒生后半生饱受牙疼之苦，但他不想把这种钻心的痛苦传达给他人，他要把这种感受化作一曲辉煌壮丽的交响乐：

“一次杰出的牙痛！”她说，“简直像奏着乐的风琴，像堂皇的口琴合奏曲，其中有铜鼓、喇叭、高音笛和智齿里的低音大箫。伟大的诗人，伟大的音乐！”(《牙疼姑妈》)

这些对个体体验的描述是安徒生童话不同于前人童话的创新之处，叙事（故事）取代奇幻，占据了安徒生童话的重心。这些童话故事本质上是对现实体验的叙述，拟人化的生物和器物则是披着奇幻外衣的现实主义角色。相对于注重奇幻氛围的民间童话和侧重于表现人类精神世界的浪漫派作者童话，安徒生童话故事展现出的世界的物质性，在童话这种文体疏远于现实的氛围中再创造一个现实，将童话从远方拉回身边。取消童话的疏远氛围，事实上就是把童话“去童话化”，让作者童话不再作为浪漫派文人的诗学纲领束于高阁，而是贴近现实和大众读者。安徒生对这种文体的革新对童话在19世纪下半叶转为通俗文学产生了很大的作用。

不过，这种改革也不完全是对浪漫派理念的“背叛”。安徒生之所以着力展现世界的物质性，是因为他相信物和人一样享有上帝的灵，上帝的精神直观地存在于世界上万物的运行法则之中，在这个意义上，童真纯粹的精神和万物的运作都能追溯回上帝的创造，精神和现实/物质之间原本并不存在异化这种浪漫派观念。精神和物质再度统一的浪漫派理想在安徒生的童话中得到了实现。

第四章

童话中的人生和人生的神话

“我的生命是个美丽的童话”

“当我还是一只丑小鸭的时候，我做梦也没有想到会有这么多的幸福！”(《丑小鸭》)

我这一生称得上是一部美丽动人的童话，情节曲折变幻、引人入胜。我从小就因贫困无助，独自闯荡世界。运气还好，遇到一位纯真的小精灵，她对我说：“你要选准生活的方向和目标，按自己的意愿和理性的需求去发展，我会给你指引和保护。”命运对我来说还从未有过如此睿智幸运的启示。通过从我自己的人生故事所获得的启迪，我将告知世人：仁慈的上帝是世间万物的万能主宰。[1]

这两段多少有些近似的引文分别是汉斯·克里斯蒂安·安徒生的著名童话《丑小鸭》(1843)的结尾和自传《我的童话人生》(1855)的第一段。《丑小鸭》的故事脍炙人口:生来就因丑陋而受到农场动物排挤的丑小鸭经历了一冬天的苦难后,发现自己其实是只美丽的白天鹅,在一群天鹅中找到了自己的归宿。1869年,在一封写给丹麦文学评论家勃兰兑斯的信中,安徒生坦言,丑小鸭就是他自己人生的翻版。穷苦的欧登塞鞋匠之子安徒生自幼失怙,希望在哥本哈根作为芭蕾舞演员和歌手谋生,却因高大笨拙和少年变声而无法如愿,幸好有人发现了他卓越的想象力和文学天赋,资助他求学深造,让他终于羽化成蝶,作为一代文学大师获得了巨大的成功。

或许可以说,获得了巨大荣耀的安徒生是一个有些自命不凡的人,他总喜欢回顾人生,特别喜欢在作品中写自己,或者说,塑造自己。他作品的主角常常是丑小鸭那样的异类,但通过不懈的追求以异类的方式取得了超越庸常世界维度的、更高的幸福。读过这些作品的读者往往会或多或少地把出生在鸭群中的白天鹅跟作者的形象联系在一起。毕

[1] [丹麦]汉斯·克里斯蒂安·安徒生《安徒生自传:我的童话人生》,第1页。

竟，安徒生不断地将自己的人生轨迹展示给读者们看，他的一生在数部自传中“像一本打开的书一样”摊在读者眼前[1]（1846年德语版自传出版时写给萨克森-魏玛-爱森纳赫大公的信），这些自传讲的是这样一个故事：出身低微的天才艺术家终于登上属于自己的舞台，跟丑小鸭和白天鹅的故事如出一辙。不仅如此，安徒生曾称“自传是我作品最好的评注”，鼓励读者把自传当作理解作品的工具来阅读，这更让读者倾向于把安徒生的童话等作品当作他自传的变形。慢慢地，各种虚构作品和自传中丑小鸭变成白天鹅、鞋匠的儿子变成欧洲名流和王公政要座上宾的轶事越发深入人心，逐渐变成了流传甚广的“安徒生神话”。直到今天，全世界读者想到这位著名作家其人时，首先联想到的往往还是这则关于幸福和成功的神话。

然而仔细想想后，读者会意识到，作品中的形象从来不完全等同于作者本人。即便最坦率考究的自传作品也会因为作者的疏漏而与真实的人生有所出入。安徒生不可能像童话人物一般完美，他通过不断重复而强加给读者的“安徒生神话”早在他成名之初，即19世纪30年代就被欧洲读者警觉地注意到了。丹麦著名哲学家索伦·克尔凯郭尔初读安徒生

[1] 1846年9月14日致卡尔·亚历山大信：https://andersen.sdu.dk/brevbase/brev.html?bid=4220（访问于2023年9月16日）。

的长篇小说《只是个拉小提琴的》(1837)后大为赞叹，再读又觉并不尽然，1838年为这本小说撰写的评论则把作品批评了一番。克尔凯郭尔认为："安徒生自己的真实、他这个人本身悄悄走进了作品，使得我们有时受到诱惑，认为安徒生就是一个角色，是从一位作家谱写且还没谱写完的一群角色中跑出来的。"克尔凯郭尔认为，作者有意让自己充当创作的客体而非主体的角色，从而使得读者对安徒生其人产生错误的想象，这简直就是欺骗和自我欺骗。

确实，"安徒生神话"是对这位丹麦作家一生复杂经历的有意删减。《我生命的童话》中那句"我的生命是个美丽的童话，如此富足又幸福"更与这位性情乖戾、时常郁郁寡欢的作家的生命相距甚远。安徒生成书出版的自传有三部，分别是成名之前撰写的《生命之书》(1832)、创作力如日中天时期完成的《没有诗歌的我的童话人生》(1847)和功成名就后出版的《我的童话人生》(1855)。这三本书用了很长的篇幅描写作者获得文学成就后受到的褒奖和评价，以及这位几乎走遍了欧洲的"旅行作家"在游历中看到的纷繁世界、结交的各地人士——尤其是权贵和名流。1867年，《我的童话人生》的美国译本出版，安徒生还值此机会特意把自己同年荣获欧登塞荣誉市民称号这一人生中"最美好的节日"加进去。可见，这些自传中充满了童话般丰富又成功的人生经历，而那些不那么幸福的人生片段、那些不符合人们对“生命童话”期待的时刻常常被作者有意略去。于是，读者在自传中看不到安徒生与家人挤在一个窄小房间中度过的贫苦童年、祖父的精神病带给少年的恐惧、开妓院的姨妈、对同性的兴趣和对性又着迷又恐惧的态度。这些阴暗、禁忌、充满人性恐惧并反映了19世纪社会现状的心灵角落被删去之后，读者看到的只有一个略显夸夸其谈的成长故事。喜欢表现自己的安徒生其人确实像一本打开的书，但其中关键的几页缺失了，或者如作者自己所说：“我的心是一本日记，里面有个别页被粘在一起，这日记本身是每个人都可以查阅的。我行动的大多数理由都写在合着的那几页上。”[1]

这不能翻开的几页人生让安徒生在一生中无数孤单的时刻痛苦恐惧地战栗。他渴望表达，但无法发声。同性恋在19世纪上半叶的欧洲社会属于违法边缘的禁忌，欧洲语言中甚至没有一个合适的词来表达这个不能言说的“癖好”。而过于低微的出身、违背市民社会婚姻伦理的家庭和直系亲属的精神病显然不利于安徒生被中产阶级和贵族读者接受。于是他像自己笔下的小美人鱼一样沉默着忍受撕裂般的痛苦，用直抒胸中灼人秘密的机会换取纯洁高尚的永生。但秘密总要想方设法地透露出来。事实上，正是这些人生中的

---

[1] 1833年1月14日致亨丽埃特·汉克信：https://andersen.sdu.dk/brevbase/brev.html?bid=491（访问于2023年9月16日）。

失意之处迫使人无法心安理得地盲目享受生活，必须要用生活的对立面——艺术抒发自己。安徒生发现，和其他文体相比，童话有助于弱化作者对自我表达的渴望和对被揭露的恐惧之间的矛盾。原因很简单：童话情节单一明确，各种场景和人物设计常常具有清晰单纯的轮廓，往往被读者视作只有一个意义层面的儿童文学。另一方面，越是简单，越不容易让读者仔细琢磨，作者可以把自己的秘密当作隐藏信息安插在这些看似天真的情节中，而读者往往会被种种色泽艳丽、轮廓鲜明的童话元素麻痹，根本意识不到这些情节下面还有深层次含义。换句话说，安徒生把文本转变为拥有两个甚至多个意义层面的加密文本，粗心大意的读者只会注意到文本表面的故事性层面，细心或者有类似认识的读者会通过作者隐藏在文本表面的一些密钥型线索找到另一个意义层面。作者使用这种写作方法，不一定旨在让表面层面和隐藏层面的所有元素（情节、人物、各种细节）一一对应，或者暗示给读者，隐藏层面的意义才更加重要；很多情况下，这种加密式的多层文本只是扩充了作品的意义，让艺术作品不至于陷于单调的牢笼中，提供给读者思考和联想的开放空间，让具有不同视角和阅读能力的读者能从不同角度层面与作者进行精神交流。

安徒生自然不是这种写作方法的发明者——可以说，古典时代就已经出现的寓言故事和神话故事也是具有多种层面的文本。但寓言和神话的所有层面都有着唯一且固定的意义，是作者直接灌输给读者的讯息，安徒生把自己的人生碎片加入童话文本的创作方法却让这些优美的童话沐浴在朦胧的多重光线下，让作品拥有一种永远话里有话的独特魅力。如上所述，安徒生害怕秘密被直接戳穿。他不会忘记，奥古斯特·冯·普拉滕的同性恋身份被海因里希·海涅在一场诗人论战中多次影射，此后普拉滕在德国身败名裂，不得不终生旅居意大利。安徒生害怕失去自己奋斗多年才得来的身份和荣耀。在文字中翩跹于真实附近而不停留，让人产生预感而不能妄加推测——这对于他来说很重要。当然，在研读了安徒生的大量信件、日记和手稿后，当代学术界对这位作家隐瞒的同性恋倾向已经少有异议。研读作者如何在文本中透露这一禁忌的秘密，可以让读者一探安徒生在写作中对多层面文本写法的运用。

“我看到那个美丽的姑娘——他爱她胜过于爱我”

19世纪20年代，安徒生独自来到哥本哈根求学时，得到了丹麦艺术基金会的资助，这个基金会的秘书长尤纳斯·柯林成了安徒生终生尊敬的、视作父亲的长辈，而其子爱德华·柯林或许就是安徒生一生最爱的人。“谁也没这般痛击过我，谁也没让我眼中涌出过更多泪水，但我爱谁也不像我爱您那样多”[1]，1835年，安徒生在给爱德华·柯林的信中这样写道。类似的表达爱意的句子还出现在其他多封写给柯林的信中。同时，安徒生也意识到这份爱中有某些不能言说的成分：“我一整颗心都依恋着您，这是我或许永远无法向您口头言说的。”[2]这种爱并非完全等同于朋友或者兄弟之间的爱，其中存在着类似浪漫爱情的成分。在柯林面前，安徒生提到“我身上几乎像女孩子一样的特质”或者“我的半女性化”。但是对于这样热烈的表达，柯林的回应是种公事公办的冷淡。1833年柯林就接替了父亲的基金会秘书长职务，称自己跟安徒生的关系是一种经济关系——当然了，这种说法并不尽然，两人终生保持着友好的关系，安徒生死后，柯林还为他撰写了一部颇有法学家风范的传记。可是，在安徒生提出与自己以“你”相称时，既不习惯男人之间的浪漫主义友情乃至柏拉图式爱情，也不希望纵容安徒生的狂热追求的柯林表示了拒绝，让安徒生伤透了心。1836年，柯林和亨莉耶特·提贝格（昵称“叶特”）结婚时，安徒生还在信中酸涩地说：“您让叶特好好地替我对您说：‘我爱

---

[1] 1835年8月28日致爱德华·柯林信：https://andersen.sdu.dk/brevbase/brev.html?bid=909（访问于2023年9月17日）。

[2] 1831年11月1日致爱德华·柯林信：https://andersen.sdu.dk/brevbase/brev.html?bid=20870（访问于2023年9月17日）。

▲

爱德华和亨莉耶特·柯林，威廉·马尔斯特兰德1842年绘。

爱德华·柯林性格冷淡严肃，但他和安徒生相交50年，

在资金和出版事务上帮了诗人很多忙。

这段友情对两人有着不同的意义：

对安徒生来说，这是一份爱情性质的深厚感情，

而且可以让自己真正被哥本哈根市民群体接受；

对柯林来说，这则是义兄弟情谊和业务关系。

安徒生试图用书信和柯林进行更加隐秘的交流，表达自己的爱意，

他内心感情的抒发往往被柯林拒绝。1834年5月底，

再次对这份感情失望后，安徒生一度写道：

“我再不碰这件事了，一个男人这样抽抽噎噎的，太没尊严了。”

不过很快，安徒生又写信称柯林是自己“唯一的朋友”，

是自己陌生的家里唯一的安慰：

“请记住，我没有父母，没有亲人，没有新娘——永远也不会有！

在这个世界上，我是如此地孤独。”

你！’毕竟她可以说‘爱’，她可以以‘你’相称，在一个男人这里，这就成了多愁善感。”[1]一年之后，安徒生完成了自己最著名的童话《海的女儿》，这篇讲述不可说的爱意的童话常常被现代学者当作酷儿文本的19世纪雏形来研究。童话中小美人鱼半人半鱼的两栖形象跟安徒生自诩的“半女性化”一样，都是与生俱来的障碍，让他们无法像常人一样去爱。

《海的女儿》并不是安徒生第一次使用人鱼或两栖类这个形象。1833年，安徒生创作的“戏剧诗”《阿格涅特和海人》仿照他钟爱的歌剧——厄伦施莱格尔的《阿拉丁或神灯》的形式，以丹麦民间传说为素材，讲述的是人类女子阿格涅特在两个追求者——自己同父异母的兄长、小提琴乐师海明和强大的海中人鱼之间选择了后者，在海底与之度过了7年的婚姻生活，因思念故乡而回到陆地上，却发现海中的7年等于人间的50年，海明已经垂垂老矣，故乡也物是人非。阿格涅特在海洋和人间的边界上死去。这个虽然还不成熟但已经有很多语言和构思上的闪光点的作品被很多欧洲学者称作安徒生的第一个童话。这部作品看似是为了响应当时丹麦的民族浪漫主义大潮而作，真正的创作目的却是表现作

[1] Zit. nach Heinrich Detering, *Das offene Geheimnis*, Göttingen: Wallstein, 1994, S. 181.

者个人内心的挣扎，而这种挣扎主要源自和柯林的关系带给作者的痛苦。这部作品的前言中就明确提出，作品的核心并非传说的民间文学特质，而是一种构想出来的人生，这样的人心中带有永不能满足的渴望，渴望用奇异的方式追求一种新的、别样的存在。这到底是怎样一种“别样的存在”呢？作者没有直白地表露出来，但是在给柯林的信中，安徒生坦言，这部作品是对两人针对他们关系的对话的一种改编，这部作品“将会给我们都带来快乐，您和我”。两人之间的一些对话被直接引用到作品中，比如海明对阿格涅特表达爱意时引用了安徒生希望同柯林以“你”相称那封信中的原话：

> 在同龄人中，您是唯一一个可以让我感觉如今紧密相连的人。我还有一个要求，您可能会笑话我，但您是否愿意让我真正地高兴一回，真正地向我证明您尊重我——如果我配得上的话——那么——您可不要生气！——您对我以“你”相称吧！……您生气了吗？——您不会相信，我写这些话时心跳得多快，虽然您根本不在这里。[1]

---

[1] 1831年5月19日致爱德华·柯林信：https://andersen.sdu.dk/brevbase/brev.html?bid=415（访问于2023年9月17日）。

我有多么爱你，已经向你坦言——！
哦，不要生气，我情难自已！——
你这样沉默！——都不想看我！
唉，我说了本不该说的！
我冒犯你了吗？[1]（《阿格涅特和海人》）

普通读者在诗剧中读到这一段时不会多加留意，安徒生心中的拟定读者爱德华·柯林却会在这段话中看到安徒生写给自己一人的信息，读出作者隐藏在文本表面下的自传性层面。更有甚者，在这部根本不涉及“您”和“你”称呼问题的诗剧中很唐突地出现了这样一段话：

心中的“你”换来舌上的“您”，
那是友情的梦想！
如果你想看爱情的场景，
只管去寻找海流上的泡沫！

让一般读者倍感困惑的这一段是写给柯林的，关于友情的讨论和“您”“你”的称呼都是安徒生和柯林往来信件中

[1] https://upload.wikimedia.org/wikipedia/commons/5/51/Agnete_og_Havmanden_Dramatisk_Digt.pdf（访问于2023年9月17日）。

的内容，诗剧中从没涉及这些，但相应地增加了海明对阿格涅特的爱情表白以及后者的拒绝。类似的指代作者现实生活的细节在这部作品中还有很多，它们让柯林和一些熟悉安徒生性格的朋友接受了安徒生想传达的隐藏信息。和安徒生在写给柯林的信中对自己的描述一样，作品的两个人类主角阿格涅特和海明都被塑造为男性和女性的混合体。友人奥托·穆勒就注意到了安徒生和具有男子性格的女人——追求另一种存在方式的阿格涅特的相似之处，他说："你把自己比作你的阿格涅特，但是对于你和她之间的相似之处，你似乎并不快乐。"而太过软弱的乐师海明（如诗剧中海明的自白所称"我作为男人太软弱了/对此我心知肚明，可什么也做不到"）和安徒生之间的共同之处更是被柯林看得一清二楚："您自己的性格很明显地进入了海明这个角色中；海明在跟阿格涅特对话时说话的方式——对，我向您保证——用的那些话语是当您出于某种病态的软弱心境相信我不够喜欢您时，我常常从您口中听到的。"

"病态"和"软弱"，这是这个时期柯林评价安徒生的这部作品时常常用到的词。这位法学家出身的基金会秘书长对安徒生身上温柔而不够男性化的一面很是不屑，对朋友在作品中塑造一个具有和他类似性格的人物感到不满。柯林认为，这种把自己直接转化为虚构作品的做法，体现出作者缺少冷静的头脑和主宰思想的力量，即缺少一个作家应有的特质。另一方面，19世纪30年代的欧洲社会正在从浪漫主义大潮中走出，踏入较为保守拘谨的市民社会。男人之间的浪漫友谊在世纪初还很普遍，如今已经成了即将被写入法条的鸡奸罪的可疑迹象。因此对安徒生的炽热感情，柯林本能地感到反感，甚至有些畏惧，他厌恶《阿格涅特和海人》这部作品，不希望这部作品出版。

安徒生把剧作当作“两人共同的孩子”献给柯林，却被对方拒绝，两人的信件往来甚至中断了一段时间，直到后来，扮演两人共同父亲角色的尤纳斯·柯林介入，两人的关系才慢慢缓和。爱德华·柯林这种对诗人的心灵产物加以指责乃至侮辱的做法让安徒生十分痛苦。他意识到柯林并不关心自己通过阿格涅特这个人物表达出来的另一种信息。

> 我的灵魂深处有一种强烈的渴望，
> 它驱使着我前进，那是一种我无法解释的渴望。

这个女子渴望得到的是另一个世界——海洋，她的心灵既不属于陆地也不属于大海，无论是陆地上温柔体贴却太过软弱的海明，还是海洋中强壮英武却不能给她心灵和精神安慰的人鱼都不能完全理解她。安徒生知道自己是个异类。即便在自传中一遍遍强调自己是幸运的天选之人，他还是清楚地知道，自己的内心住着一个渴望得到理解和包容的孤独孩子，而这个孩子甚至不敢直接向周围那个不可能理解他的世界伸出手去。在一封写给柯林的信中，他呼喊道："哦，爱德华！我的灵魂渴望有生之年就被人看清，就像一个干渴的人渴望水！"[1]他让笔下的阿格涅特选择了水，最后也死在水和陆地的边界上，无法调和两个世界的矛盾，至死徘徊于两个回不去的世界之间。这些同样被作者以隐藏内容的形式寄托给拟定读者的信息没能被柯林领会。就像诗剧中作者的另一个化身海明，独自度过了50年的孤独岁月，终于在海岸上碰触到了自己的挚爱，但此时的阿格涅特已经"对（他的）吻和拥抱来说太过冰冷"，她死了，如一块石头。

海明这个性别上的"两栖类"爱着不爱自己的人，同为"两栖类"的阿格涅特无论在陆地上还是海洋中都找不到归属。这两个角色在几年后还会在安徒生的一篇更著名的作品中出现并合二为一，而且重蹈覆辙。

德国学者米夏埃尔·马尔指出，安徒生在其童话《海的女儿》（1837）中用密文的形式把自己对爱德华·柯林无望的爱情故事从头到尾复述了一遍，后者如童话中的王子一样，把爱着自己却无法表达爱意的人当作一个朋友留在身边，却和一个真正的女人共度新婚之夜。上面提到过，这篇童话的创作背景是爱德华·柯林1836年的婚礼。安徒生在

[1] Zit. nach Heinrich Detering, *Das offene Geheimnis*, S. 188.

这场婚礼之前“及时地”外出旅行，寄给柯林的贺信中写着：“我永远不能很好地想象家庭幸福。我像摩西一样站在山顶遥望应许之地，那是我自己永远无法踏足的地方。”[1]他就在这场旅行中写下了《海的女儿》。

可以说，这篇童话是对《阿格涅特和海人》中许多元素的再度演绎：“两栖”属性、无望的爱情、三角恋爱等母题在两部作品中都得到了运用，甚至一些在早年的诗剧中出现的细节（海底国度象征情欲的雕塑、岸上教堂钟声的召唤等）都被挪用到童话中。然而，创作《海的女儿》之时，安徒生早已不再是仅仅写过几首诗歌和一部浪漫派风格小说的文坛新人，此时的他已经写出了《打火匣》（1835）、《拇指姑娘》（1835）等数篇即将享誉世界的童话，已经找到了真正属于自己的文体——作者童话，可以得心应手地使用童话的写作技法。《海的女儿》抛弃了诗剧中复杂的人物和空间设置，按照童话的方式把主要人物精简到最少，让“两栖”的异类这一属性不像《阿格涅特与海人》中那样分给两人，而是集中到爱情中的第三者——小美人鱼身上。身处他乡的美人鱼既不是鱼也不是（女）人，而王子爱的是一个真正的女人。把分给两个角色的主题合在一个人物身上，无疑

[1] 1836年8月4日致爱德华·柯林信：https://andersen.sdu.dk/brevbase/brev.html?bid=980（访问于2023年9月17日）。

让矛盾更加鲜明。作者想对柯林说的话，全都通过美人鱼表达出来："我看到那个美丽的姑娘——他爱她胜过于爱我。"(《海的女儿》)

同样，安徒生按照童话的规则给《海的女儿》中的世界赋予了明确而带有象征意义的空间法则：在童话中，魔法动物无法离开森林，国王无法离开宫殿，主角从自己的家乡外出探险的一路也不会折返。而《海的女儿》的世界由海底、陆地和天堂三个不能彼此融通的部分构成。人类生活在陆地上，进入海底世界就会变成冰冷的尸体，人鱼无法离开海洋，人类的灵魂可以以死亡为代价进入天堂。唯一打破规则和界限的小美人鱼付出了声音的代价，而且这个跨越界限的过程是不可逆的，她既不可能再长出舌头，也不可能直接回到海底。

如学者海因里希·德特林所述，正是三个空间之间无法互相通融的不对等，为读者发现童话隐藏的意义层面提供了线索。因为人类无法进入海底世界，美人鱼必须搭救王子；又因为人鱼无法上岸，小美人鱼必须在海底和陆地之间做出不可撤销的选择，并且在上岸之后用人类的双腿和衣服加以掩饰，否认自己与生俱来的真实身份，而且最终也只能以朋友的身份沉默地陪伴王子。两个分别属于不同世界、本来不该相遇的人物相遇了，但因为不对等而无法彼此理解。在这里，作家在童话中为自己埋下了另一个线索：美人鱼的舞蹈。“她于是旋舞起来，飞翔着，正如一只被追逐的燕子在飞翔着一样。大家都在喝彩，称赞她，她从来没有跳得这么美丽。快利的刀子似乎在砍着她的细嫩的脚，但是她并不感觉到痛，因为她的心比这还要痛。”(《海的女儿》) 失意的爱恋者用艺术来表达爱情和心痛，而童话就是这种艺术，《海的女儿》就是这件艺术品。安徒生用小美人鱼的舞蹈艺术为这篇童话做了一次浪漫派的自我投射，打破作品和现实的界限，让童话中的情节像作者思想精神的延伸一样活生生地存在于现实。刀尖上的轻盈舞蹈就是安徒生对自己作品的评价，美丽的童话《海的女儿》的一字一句都在刺痛着无望的爱恋者心中的伤口：“如一把生锈的钝刀，写下的每一个字都划过我的心绪。”对于读者，《海的女儿》是情感的抚慰、爱与信仰的教育，但是对于作者，它是与温暖的人间烟火的饯别。爱上一个人，就像15岁生日那天的小美人鱼在海中仰望着年轻美丽的王子，向往着另一个世界热闹的宴会和星辰般的烟火；爱情破灭之时，她发现自己只是这场人间盛宴中的过客。

当然，不是每一个为美人鱼的命运叹息的读者都能发现作品和作者生活之间的这些对应之处。但安徒生还是为所有普通读者安排了一处打开通往隐藏层面之门的钥匙：王子允许被他称为“孤儿”(！) 的美人鱼永远跟他在一起，“叫人为她做了一套男子穿的衣服，好使她可以陪着他骑着马同

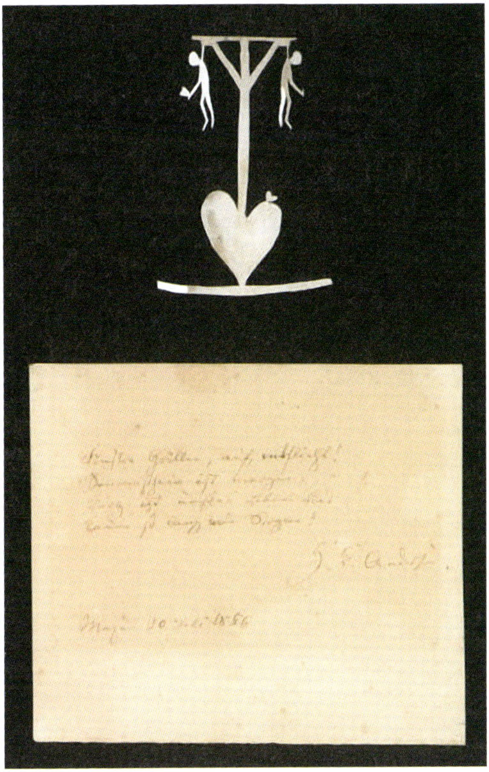

▲

安徒生剪纸《马克森的偷心贼》，下面是一首用德语写的小诗：

走开吧，忧郁的念头！

明日阳光遍布

我们的生命之歌短暂

不若烦忧长！

H.C. 安徒生

马克森，*1856*年*7*月*30*日

行”。小美人鱼不是作为女人，而是以可以“睡在他门外的一个天鹅绒的垫子上”的男人的身份陪伴在王子身边——一个想要像女人一样去爱，却不被所爱之人当作女人的异类。这个明显代指雌雄同体、“半女性化”的细节，可以让读者隐约感到一丝同性恋情节的暗示：如果小美人鱼从不是人鱼，而是一个男孩，同样会经历这个故事中的一切。但是童话文本本身的完满顺畅让依照文本本身做出的揣测缺乏依据。同《阿格涅特和海人》一样，《小美人鱼》的隐藏层面也是开放给安徒生的拟定读者爱德华·柯林的。

安徒生害怕自己的秘密被戳穿，但固守着这些幽暗的心灵角落也让他恐惧而寂寞。他希望发声，但心底的声音会给他带来灾难。他把自己的心声埋藏在不朽的艺术作品中，或许也是寄希望于未来，在一个嘈杂的人声已经无法伤害到他的年代，某个敏感的心灵从他的作品中读出真正的安徒生。当然会有人理解他。半个多世纪后的欧洲艺术家们身处于为了美本身而创作的冰冷孤独和没有清醒认知的温暖人生之间的夹缝中，深知艺术就是对生活的摒弃。属于艺术和精神世界的人，就算再羡慕人间，对那样的幸福也只能远观。于是，有些艺术家想到了安徒生的《小美人鱼》，设身处地地体味到了那位丹麦作家的渴望与寂寞。更有人从字里行间读出了作者隐蔽的爱恋。托马斯·曼让自己一生的集大成之作《浮士德博士》的主角莱韦屈恩称，小美人鱼是自己“共享疾苦的姐妹”，是他的妹妹和新娘；而托马斯·曼的自传小说《陛下》中来自异国他乡的另类“公主”的肤色“如同海面浮起的泡沫”，长着一头蓝黑色的秀发，一双大眼睛“眼波流转中仿佛不断倾诉着什么”。隐藏着类似秘密的作家读出了小美人鱼真正想要倾诉的心事，把这些来自安徒生童话的元素用作打开隐藏在自己作品中的意义层面的钥匙，同样把自己的人生埋入了故事中。有人读懂了安徒生的隐藏信息，并把它们变成可以承载自己的新含义的文化符号托付给后世。另一个关于异类和孤独的“安徒生神话”就此形成。

赋予读者自主诠释文本内容的自由，这是现代文学的特征之一，毕竟，“现代”即意味着多元化时代的到来，神权或王权的绝对真实被打破，取而代之的是每个人的主观真实。“多元化”这个概念是20世纪的发明，安徒生不可能了解。但他身处于一个革新的时代，靠齿轮和蒸汽推进的现代洪流是他切身的体验，被他写进作品中。

第五章

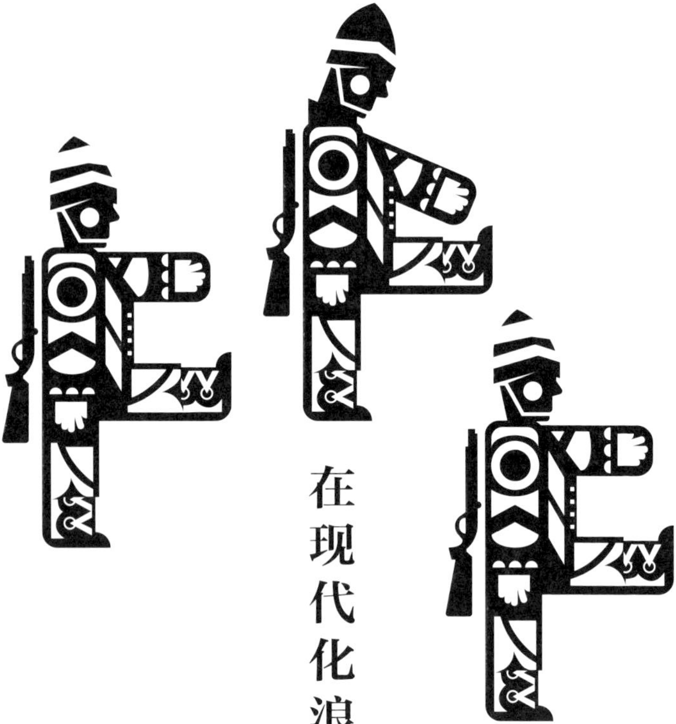

在现代化浪潮之中

安徒生的童话全集中有一篇很容易被人忽视的短小作品——《一滴水》。这篇童话创作于1847年，作者将它献给自己父亲般的导师和提携者、物理学家汉斯·克里斯蒂安·奥斯特。熟悉安徒生作品的研究者和读者都知道，和同时代那些对科技的效用充满不安和怀疑的艺术家与评论者相比，安徒生早早地对科技产生了浓厚兴趣。1839年2月，他和奥斯特就刚刚问世的达盖尔摄影术进行了一场对话，《一滴水》这篇童话的构思可能源于这次交流。当时，安徒生在写给友人亨丽埃特·汉克的信中心驰神往地讲到："所有物体都被摄入其中，像在镜像中一样被固定住；透过显微镜看的话，最细小的一点也会变成一个非常具体的物体。我们可以看到石头上的湿痕，可以通过光亮辨别时间。现在我们就能得到忠实再现古代宝藏和热带壮美风景的图像了。"

不过，在这篇以现代科学为素材的童话中，读者只能读到少许和科学相关的内容。童话开头用并不精准的夸张语言介绍“放大镜”的功用，把镜片下被放大了一百倍的微生物称作“龙虾”，还用红酒和“巫婆的血”来形容给切片染色用的试剂，其余的内容就是对微观世界的奇妙想象，和科学没有直接关系。全篇的重点不是科学技术，而是对城市生活的譬喻。透过镜片，人们发现一滴水跟一个城市一样，里面的“人”互相推搡排挤，争先恐后地想要上位。即便只是沟里的一滴水中再微小不过的世界，也和哥本哈根或别的大城市一样庸俗喧嚣。科技让人见到了更广大的世界，并从这些新世界中找到了自己的影子——这才是作家安徒生最关心的内容。关注科技，但更关注科技的象征意义——这不是安徒生一个人的特殊视角。他身处的19世纪是一个属于科技和进步的时代。蒸汽机、铁路、电报、报纸传媒技术等新发明让人们的生活大幅提速，把天南地北的人联系在一起，让同一民族、国家、地域的人第一次直观地体会到“天涯共此时”的共同感。这一系列天翻地覆的变化也促使学者对民族语言进行规范统一，最终促使欧美民族国家纷纷建立，人们的生活和思维方式发生了永久的改变，开始习惯把自己视作政治集体中的一员。科技发展带来的进步作为时代精神和关键词，受到各方人士的关注。全新的科技成果让人的世界观产生了翻天覆地的变化，大众在震惊之余，常常把注意力集中在对科技效用的探讨上。柏灵在《科学选择与安徒生对丹麦民族浪漫主义的反思》一文中举了这样一个例子：19世纪上半叶，丹麦社会对科技的效用充满怀疑，把科技限制在娱乐领域，视用于工业生产的科技成果为洪水猛兽。1843年修建的现代游乐园趣弗里公园（Tivoli）只能建在哥本哈根城墙之外，以免游乐设施中现代机械对保守的君主制社会造成冲击。即便如此，持民族主义和泛斯堪的纳维亚主义观点的杂志《国家》还是发文批判，担心人们沉浸在这座现代化的游乐园中，忽视国家发展的现实需求。[1]相较而言，在英国等更早进入工业时代的欧洲国家，现代科技得到了更多的关注和欢迎。1851年，万众瞩目的伦敦世博会成功举办，英国维多利亚女王之夫阿尔伯特亲王在开幕会致辞中称，自己相信人类历史正朝着“实现人类一统”的方向进步。[2]在这个民间民族主义浪潮此起彼伏、王权为巩固自身主动推进民族文化及政治统一进程的时代，阿尔伯特亲王的说辞自然只是一种乌托邦式的理想，但这话也多少反映出当时很多人对现代科技的看法：科技承载着人们对某个遥远未来的幻想，大家重视科技的象征意义多于现实意义。

和保守的哥本哈根市民相比，安徒生对待现代科技的态

---

[1] 柏灵《科学选择与安徒生对丹麦民族浪漫主义的反思》，载《外国文学研究》2018年第2期，第97—107页。

[2] Wolfgang Mönninghoff: *Das große Hans-Christian-Andersen-Buch*, S. 181.

▲

J. 麦克尼文 *1851* 年作：《万国工业博览会一景》

万国工业博览会即第一届世界博览会，

举办于 *1851* 年 5月 *1* 日至 *10*月 *15* 日，

地点是伦敦海德公园。这次博览会由维多利亚女王之夫

阿尔伯特亲王和设计师亨利·科尔共同筹办，

旨在展现英国在工业革命后打造的辉煌成果，

而所谓的“万国”（all Nations），首先是日不落帝国的殖民地和保护国，

如印度、锡兰、阿尔及利亚等。

展品主要分为机器、原材料、工厂和造型艺术等几大类，

其中机器类展品受到的关注最大，

不仅因为这是东道主英国的优势项目，也因为高速汽轮船、

起重机、收割机等新产品让各国一窥世界的未来。

度开明得多，也乐于享受技术带来的便利条件。迥异于市民群体的出身、性格及观念让他热爱旅行，一次次远离哥本哈根，游历欧洲各国，享受大千世界的自由和文化碰撞。一方面，便利的交通设备让安徒生见识到更广大的世界，对世界的全貌有了新认识；另一方面，对其他国家的了解越多，安徒生对自己的丹麦人身份的认识就越发清晰，对丹麦民族性和民族未来进行了越来越多的思考，尤其自石勒苏益格-荷尔斯泰因战争爆发以来，他创作了大量爱国主义诗歌，中晚期作品中的民族主义气息越发浓郁。他比同时代其他丹麦人更早发现，现代科技是种直指未来的新时代产物，承载着超越时代的厚重内涵，具有哲学和社会含义，扩充人类认知范围，而且积极推动民族建构。

可见，安徒生的创作包含对“现代”这一时代的思考，这让他的文学属于现代艺术的范畴。不过，什么是现代艺术呢?

多元的“现代”

现代艺术指的是探讨社会现代性的艺术。当代欧洲学术界普遍区分两种“现代”概念，即狭义的和广义的“现代”。狭义的“现代”跟科技的关系更紧密，指的是一个大众化、工业化和民族主义兴起的时代，开始于19世纪后半叶，一直延续到20世纪30年代。这种“现代”以政治制度的变革为前提，出现于民权、宪法和民主成为政治潮流、机器时代拉开帷幕之时。这个时代人口膨胀，文化走向大众化，社会发展速度显著提高，人们生活节奏也加快，在人口密度和发展速度的双重冲击下，感官现实的多元多样化、社会流动性的增强和整体感的缺失成了切实可感的时代特征。经历了1848年的一系列民族主义武装革命后，整个社会在思想观念上逐渐转向集体主义，18、19世纪之交狂飙突进和浪漫派时期的个体“天才”不再是时代的宠儿，社会需要的是可以振臂一呼凝聚大众的“强人”，以及一个令人民认同的“民族”概念。与这种狭义的“现代”对应的“现代艺术”概念，则是在欧也根·沃尔夫于1886年在自然主义文学协会“挺进！”（Durch！）的一次集会上做的报告中正式问世。沃尔夫原意是将“现代”定为自然主义艺术——即现实主义艺术结合了实证主义、遗传学说和决定论后的一种较极端的形式，只关注具体的现象本身——与较早的古典主义艺术斗争时的口号。因此，狭义的“现代”包含了对抗过往、实施文艺革新的意义。但很多作家虽然生活在现代，其作品中却并没有反叛传统的激进意味，这样的作家能否被视作现代作家，就成了一个定然会造成矛盾的问题。所以，当文学研究者使用狭义的“现代”概念时，关注的一般是作品革新和激进的意义。

为了避免对革新、割裂等话题进行无谓的纠缠，也为了将其他学科对“现代”的理解加入文学研究中，很多学者在研究过程中选用的是广义的“现代”概念。广义的“现代”开始于18世纪下半叶，和欧洲启蒙运动几乎同时。启蒙运动让人们认识到自己身为“人”的独立自主，其精神核心就是人突破神权、王权等权威的束缚，用自身的理性主动认识世界，如康德所说，有独自探索世界的勇气。伏尔泰、孟德斯鸠和卢梭等重要启蒙主义者使人们看到，一个全新的、属于“人”的复杂世界已经到来。现代社会不像中世纪或极权主义封建社会那样，是一个围绕着某个中心——如上帝和君主——运作的统一体，现在，社会包含若干功能种类各不相同的子系统，如多种多样的信仰、王权和各级政府的权力、文化艺术等。这些子系统无法完全控制彼此，也无法互相配合，打造共同的未来。现代社会不再是一个行动单位，也不再是一个努力追求某些目标的实际存在，只是种种具有社会性的行为、交流和过程构成的庞大混合物，在杂乱无序中运转，混乱且没有自我意识。因此，矛盾和统一视角的缺失就是现代社会的特征。现代艺术产生于现代社会的框架中，理应直接或间接反映这些情况。

这样的现代艺术诞生于18世纪中叶，这个时期的艺术家开始有意识地把艺术从过去的政治、宗教或学术义务中解放出来。此后，艺术没有必要再去服务于什么，可以尽情地表达美和自身。现代艺术自视为观察和诠释现实的社会部件，从18世纪开始，它既参与反映现代化进程，也参与完成这个进程，和它打交道的外界环境充斥着种种矛盾竞争。既然社会中心不复存在，艺术只能涉及社会的某一或几个领域，比如某个个体的生活和成长，这不可能涵盖整个社会的方方面面。当然，艺术也可以想象和认定一个新的社会中心，构建一则全新的神话，但这种想象本身的前提就是中心的缺失，正好反映出“现代”的特征。此时的艺术已经无法回避多元化真实这一事实，更无法通过自己认定的理念弥合破裂的现实，抹消这一事实，毕竟已经没有哪种感知环境的方法强大到所有人都可以接受。现代艺术可以探讨自己和环境的关系，但这种探讨注定了不会得出明确结论。这一来，广义的现代艺术范围远不止19世纪后期以来的狭义现代艺术。无论是要求读者们有勇气运用自身理性的启蒙主义文学，深知浑然一体的旧日世界已然失落、将残片视作新艺术理想形式且对自身进行讽刺式反思的浪漫派文学，还是对现实进行诗性重建的现实主义文学，都无疑属于现代艺术，即便其中很多文本对社会现代化进程不予置评。

“我们是一个民族，我们叫作斯堪的纳维亚人”

就探讨工业化时代这个创作角度而言，安徒生的作品是走在了时代前面的狭义现代艺术：早在他人还在为现代科技对社会的利弊争论不休的19世纪中叶，安徒生就“带着一种骄傲看我们这个时代，它有飞奔的轮子，重重的锤声，有能轻而易举地剪铁板的剪刀，有像蜡条一样被割断的粗铁棒，有‘我赢了，我赢了，数不清的我赢了！’的音乐一样的铁锤的敲击声，有关于蒸汽的这一切——有关精灵的和精神的”。[1]1851年，丹麦民族浪漫主义还在从神话和传说中挖掘民族根源之时，安徒生就在游记《在瑞典》中断言，迷信的时代已经过去，“无血师傅”（即机器）比过往时代更加强大。

安徒生对科技题材的偏爱包含了一种对当时丹麦文坛主流的叛逆。安徒生始终用诗人的眼光观察科技。自传《我的童话人生》等作多次提到，作者关注科技，是为了寻找新的创作素材。“诗歌里最大、最美的一切却全都被发现、被占有了！”（《安徒生文集》，第三卷，第505页）安徒生在《在瑞典》的“诗的加利福尼亚”一章中借诗人之口感叹道。没有任何科学精神，光是挖掘历史和神话的故纸堆，定然不会创作出有生命力的东西，因为过往本身没有生命，无非是遗迹和名字。

[1] [丹麦]汉斯·克里斯蒂安·安徒生《安徒生文集》，林桦译，北京：人民文学出版社，2005年，第三卷，第361页。本文中出自《安徒生文集》的引文将随文标出该全集名称、卷数和引文出处页码，不再另作脚注。

这种面向未来的创作纲领针对的是同时代着力于发掘民族历史文化、重建丹麦民族性的丹麦民族浪漫主义学者和艺术家，即偏爱北欧历史和神话题材的时下文坛主流。这种文艺风潮的出现和当时的历史背景息息相关。

拿破仑战争之后，原本和丹麦属于同一共主国的挪威被割让给瑞典，让丹麦国势大衰。到了1848年，巴黎二月革命爆发，法兰西共和国成立，随后民主革命浪潮席卷欧陆。3月，受丹麦管辖、地理上与德国接壤的荷尔施泰因公国受到德国革命影响，要求政府同意自己和同属德意志民族的石勒苏益格从丹麦分裂出去，加入德意志联邦。这个提议在地理位置更接近北方丹麦的石勒苏益格得到了一些支持者，另有一些生活在石勒苏益格的丹麦人希望自己的公国能够完全并入丹麦。面对两派的要求，丹麦国王弗雷德里克七世当机立断，解散政府。3月22日，一个临时政府成立，其首要任务是确保两个德意志公国留在丹麦，此举也标志着丹麦从君主专制国家和平转变为君主立宪制国家。很快，石勒苏益格–荷尔施泰因自由派宣布在基尔成立临时政府，集合了一支军队，于3月24日北上，企图武装推翻丹麦政府在这两个公国的统治，就此爆发了历时三年的第一次石勒苏益格战争。普鲁士派出两万名士兵支持基尔临时政府对丹麦的战争，帮助石勒苏益格–荷尔施泰因取得了一些胜利，然而，1849年7月，迫于英国和俄国的压力，普鲁士和德意志联盟宣布退出战争，留基尔政府的军队独自奋战。1850年7月和10月，基尔军队在伊德施泰特和腓特烈施塔特吃了两场败仗，起义彻底失败。石勒苏益格-荷尔施泰因军队于1851年4月解散，战争以恢复战前状态告终。1852年5月，丹麦政府接受了英、法、俄、普、奥等强国签订的《伦敦条约》，该条约规定荷尔施泰因和石勒苏益格仍是丹麦领土，但在宪法上与丹麦君主国分开。荷尔施泰因以全权身份加入德意志联邦，但仍以丹麦国王为最高公爵，石勒苏益格留在丹麦，继续推行旧的丹麦宪法，虽然君主立宪制的丹麦已经在使用1849年通过的民主宪法。这种复杂局面没有解决石勒苏益格的德意志及丹麦民族主义问题，流毒无穷。但丹麦从上到下都被胜利冲昏了头脑，对条约带来的隐患视而不见。1863年，丹麦政府打算在石勒苏益格公国推行新宪法，把石勒苏益格完全并入丹麦君主国。此举显然违背了当年签署的仲裁协议，被普鲁士铁血首相俾斯麦抓住了把柄。1864年4月，普鲁士和奥地利联盟大胜孤立无援的丹麦，把丹麦军队赶出石勒苏益格-荷尔施泰因。至此，石勒苏益格（除了最北部的小块地区外）彻底脱离丹麦君主国，成了民族国家。

两场民族战争之间的那十几年里，以及第二次石勒苏益格-荷尔施泰因战争之后，丹麦和德国之间的关系虽然有所缓和，但两个民族之间再没恢复到民族主义浪潮兴起前那种友善亲密的状态，两个民族之间的分歧越来越大，直到这一

▲
一张19世纪的宣传海报，图中从左到右为挪威、丹麦和瑞典三国士兵携手。

矛盾在“二战”及其后的一段时间里达到白热化。但另一方面，正是和他者的比对加速了丹麦民族自我认识、确认自身文化身份的进程。甚至可以用本尼迪克特·安德森的观念反过来这样解释：正是民族主义积极创造的一面创造了民族这种想象出来的共同体。在丹麦从多民族国家向民族国家转型的这个历史进程中。厄伦施莱格尔和历史学家尼可莱·弗雷德里克·塞维林·格伦特维等大批丹麦知识分子模仿布伦塔诺、阿尔尼姆和格林兄弟等德国浪漫派艺术家和学者的做法，放眼于丹麦历史和传统文化，希望从传统中挖掘丹麦民族的根源，由此构建新的民族身份。这些意图用艺术打造民族未来的艺术家中，对现代科技持怀疑乃至否定态度的不乏其人。以丹麦民族主义代表人物格伦特维为首的一批艺术家和学者认为，构建民族的核心是将民族传统和宗教精神有机结合，是让人民自发地以基督教观念为思想根基，对自己进行教化和约束。这是一种理想化的民主构想，并没有实施的可行性，这种和宗教情怀结合的民族观念很容易被急需在民主年代找到新的立身之本的王权利用。

最重要的是，单单试图重构过往，是无法为民族的未来输送生命力的。格伦特维等人没有考虑过现代科技对民族未来的影响，安徒生则认为民族的发展应由科学推动。讲述哥本哈根历史的童话《干爸爸的画册》开篇即讲述街上的油灯被更亮的瓦斯灯取代，这个具有象征意义的新旧交替场景，给这篇历史碎片串成的童话涂上一层乐观的亮色。讲述完哥本哈根从远古的黑暗时代到拿破仑战争时期丹麦英国交战的历史之后，作者表达了对哥本哈根前景的信心，因为“上帝永远是丹麦的一个友人”。为了给这个愿景提供佐证，童话提及了当代哥本哈根艺术和科学两方面的成就。其中奥斯特的科学发现“比人们古时发现的一只‘金角’还要重要。现在发现的是一条金桥：这桥可以使思想的光辉随时射进别的国家和人民中去。”

不过，丹麦与经济政治强大的英、法、德三国，以及拥有悠久文化传统的南欧诸国之间的差距，不是凭借这些良好的祝愿就能弥补的。安徒生相信，团结在地理和文化根源上更加亲近的北欧邻国，凭借科技和现代理念共同进步——这才是促使丹麦逐步走向强盛美好未来的好办法。战争期间，一向对德国充满好感的诗人无法像往年一样南下，而是拜访了对丹麦予以军事支援的盟国瑞典，并在之后撰写了充满诗意的游记《在瑞典》，献给友善的瑞典人民，用惆怅凄美的笔触记叙旅途中了解到的瑞典历史，那些曾建立丰功伟绩的昔日君王已化作墓穴中无人探问的尘灰，矿山上的现代工程和乌普萨拉生机勃勃的大学生活则昭示着未来的辉煌。在这部游记中，安徒生常常隐去自己作为旁观和叙述者的身影，只是用细腻的笔触把所见所闻直接展示给读者。这或许意味着作者并没把自己当作一个行走在异国土地上的“他者”，而是将自己的心灵和这片土地融为一体。瑞典，或者说斯堪的纳维亚诸国，对于他来说就是家园的延伸（《安徒生文集》，第一卷，第214页），他以邻人和至亲的眼光注视着瑞典，在诗歌和自传中一再声明，自己是一个“斯堪的纳维亚人”，“我们是一个民族，我们叫作斯堪的纳维亚人”（《安徒生文集》，第一卷，第214页）。

这就是后来常常和安徒生的名字联系在一起的时代名词“泛斯堪的纳维亚主义”。19世纪中叶，由多民族转变为民族国家的瑞典、丹麦和挪威被疾速扩张的沙皇俄国和一步步走向统一的德意志诸国夹在中间，艰难地行走在寻求自我身份的道路上。同时，随着欧洲启蒙运动在北欧诸国的推进，瑞典和丹麦的一些知识分子开始思考用公民民族主义加强斯堪的纳维亚诸国国民民族认同感的可能性。事实上，早在18世纪中叶，瑞典和丹麦的知识精英就已经开始根据民族语言和史料探究两个民族性格和历史中的共性。到了19世纪上半叶，德国浪漫派运动又给北欧知识分子对北方文明坚韧粗砺“独特道路”的求索注入了新动力，从文化角度入手，塑造一个以认同感维系的“斯堪的纳维亚民族”。于是，19世纪30年代，先是斯科讷的一些挪威和丹麦大学生，然后是三国的诸多学者和艺术家提出了构建斯堪的纳维亚联盟的文化及政治纲领，厄伦施莱格尔、贝恩哈特·塞维林·英格曼等艺术家和克里斯蒂安·默尔贝希等历史学家不仅继续挖掘斯堪的纳维亚历史及神话题材，从艺术和学术的角度为新民族的诞生保驾护航，还在各地创建斯堪的纳维亚艺术家及知识分子团体，积极推进三国之间的实际文化交流，准备让“泛斯堪的纳维亚主义”这场文化运动逐渐走上政治舞台，得到官方支持。安徒生也走访很多瑞典城市，与具有共同追求的瑞典学生和文化界人士进行交流，作为丹麦的文化符号促进三国交流联合。但第二次石勒苏益格战争时期，瑞典拒绝援助丹麦，致使丹麦惨败于普鲁士之手，丧失了对两个德意志公国的主权。一度轰轰烈烈的泛斯堪的纳维亚主义还没能真正成为政治纲领，就失败了。

政治上的失败没有让安徒生失去对人类一体化这种美好未来的向往。遍访诸国时多次体验的火车和电报技术已经让他更为便捷地看到了外面的世界，看到了人类彼此联系的可能性，他对现代科技的力量满怀信心。

对于中年和晚年的安徒生来说，科技的意义远不止是引领各民族团结起来共同发展的现代化手段，更是一种具有哲学和宗教意义的世界观。科技会让人进一步接近上帝那种永生的和谐，让人类统一在真、善、美的创世精神之中。在他的观念中，和“科学”一词紧密联系在一起的是对上帝的信仰——或者说，在安徒生心目中，信仰是万事万物的出发点，包括科学在内的方方面面都可以归结到信仰中。

上帝和物理

在安徒生的世界观里，与“科学”相对的绝不是历史或过往。在他看来，以过往作为创作素材并非全然不可取，他自己的童话、诗歌和游记（尤其是《在瑞典》）中也包含了大量历史和神话素材。以过往为素材，关键之处在于创作方法。过往——尤其是一向不受重视的北欧历史——同样是等待诗人挖掘的宝库，但无论是描述历史素材的创作还是挖掘科技素材的新诗都应以真实为根基，仿照科学方法，创作反映真实、充满生命的作品：“你，未来的歌手，你从传说中描绘那些已经消失了的形象，你活灵活现地表现这些岛屿，借助精神的力量让我们走过古老的遗迹，清楚而且真实，就像我们借助蒸汽的力量飞快地从牢牢地矗立着的景色旁，从汹涌的大海、峭壁和礁石岛、大陆以及树林密布的岛屿旁走过去一样。”（《安徒生文集》，第三卷，第404页）

科学意味着进步和打破界限，科学精神则意味着真实，即用科学方法看到更广阔和精确的世界。在同时代的诸多科技发明中，显微镜和铁路在安徒生的作品中占据独特地位。作者不仅多次表露对两种新事物的赞叹，还常常把它们用作比喻和象征符号。这两种技术都把人类带入了原本未知的新世界——肉眼看不到的微观世界和徒步无法触及的远方。人类的求索精神和理智“关注着尚未为人所知的神秘力量的痕迹”(《安徒生文集》,第二卷,第129页),这个看似玄妙的说法涉及安徒生的宗教观念,所谓“神秘力量”指的就是上帝的创世力量。科技抹消了陌生世界和人们身边的世界之间的空间距离,也让未知变成了已知和熟悉,大大扩充了人类的认知范围,在原以为死气沉沉的地方发现生命(如《一滴水的故事》提到“放大镜”下的微生物城市),见识世界的真实。“只有真实才是永恒的,自然界和人类之中的真实。”(《安徒生文集》,第三卷,第504页)现代科技让人更加接近上帝创造的真实,安徒生的进步观是一种基于宗教精神的乐观主义。诗人对科学的重视是他宗教观中的一个环节。

《在瑞典》一书第二十章“信仰和科学”的副标题是“在大自然中的布道文”,已经暗示出安徒生观念中科学的宗教属性。作者在这章里引用《圣经》中的一个说法:“上帝在精神和真实之中。”(《安徒生文集》,第三卷,第464页)真实与虚假和迷信相反,因为前者鲜活且涵盖广阔的领域,后者则是死的、有限的。写这部游记时,安徒生已决意摈弃自己早年作品中常见的魔法、精怪等元素,转而相信文学的前景要依赖科学,即抛弃从菲英岛的童年时代开始伴随自己半生的迷信,投入真实信仰的怀抱。这部游记的另一章《诗的加利福尼亚》描绘了这样一个具有象征意义的场景:诗人站在一个岔道口,一边是“浪漫世界中最强大的”(《安徒生文集》,第三卷,第505页)迷信,这个“幽灵世界中回荡着‘死亡！死亡！’”(《安徒生文集》，第三卷，第506页）另一边则是拥有生命与真理的科学，这边的世界更加广大，人类的世界只是亿万颗尘粒组成的转动圆柱中的一粒尘埃。诗人在科学和迷信之间选择了前者，也就选择了生命和上帝的真理。19世纪中叶的安徒生转向现代科学，是他有意抛弃少时在家乡接触的迷信、转变宗教观念的一种体现。不过，这并不意味着安徒生要与浪漫主义完全决裂，他抛弃的只是浪漫主义世界中那些与“正道”相悖的虚幻形象，浪漫主义解放想象力、重塑大一统的精神核心不仅被安徒生保留下来，还恰好体现在他的科学观中。

安徒生和我们当代人一样，认为人类能够接触到的世界只是真实世界中的一隅，只不过，他观念里的“真实世界”是上帝创造的，在人类理性尚无法理解的层次上是和谐的：“生命中的不和谐其实在于我们只是看到了我们的存在的一小部分，就是说尘世的这一部分：一定有一种在继续着的生命，一种永生。”(《安徒生文集》，第三卷，第465页）通过科学见识到更大的世界，就是一种不断接近上帝仁爱的过程。安徒生的师长奥斯特称，自然就是可见的精神，精神是看不见的自然，自然就是创世精神的直观体现，观察和发掘自然的科学则是创世精神的论证手段。到了安徒生这里，较为抽象的“创世精神”被理解为一个超越了基督教义范畴的广义“上帝”，即一个用博爱的法则主宰一切的创造者。上帝的启示体现在自然界中的每一隅中，包括那些现代科技无法触及的角落。因此，人类理性促使科学发展，让人逐渐理解自然规律，科学认识的过程就是论证上帝启示的过程："正是睁大眼睛在科学的道路上漫游，我们才看到了箴言的美妙。一根高大的启示录的柱子托举着上帝，人类智慧只不过是这根柱子上短暂的时段；但是这短促的时段会在信仰中，并且随着信仰，经过永恒而发展。科学就像是证明金子是真的那样的化学实验。"（《安徒生文集》，第三卷，第467页）

现代科学是上帝博爱精神的佐证，有责任把世上的真、善、美展现给大众的诗人不应舍本逐末，局限于借此引发读者对科技本身的兴趣，更不应把文学改造成进行科技教育的读物："最好形式的教育诗不过是机械的儿童玩具，没有清新的生命。"（《安徒生文集》，第三卷，第509页）诗人的使命仍然在细微小事和无限大事中寻找真实和表现真实，创作的核心是探索和揭示，而不是技术本身。

离开欧登塞，来到哥本哈根后，安徒生遭遇到的是冷脸拒人的市民世界，这个广大如放大镜下微生物世界的圈子中充满了错杂混乱的现实，让安徒生感到困惑和不满，单是奥斯特哲学体系中抽象的"精神"已经不足以让他在这个"去中心化"的世界中重获安定，他只好回溯到更为人性化的"上帝"形象上，希望重塑一个稳定熟悉的中心，以及围绕着这个中心有序运转的和谐宇宙。科学用有理有据的正确性展现更广大的世界，为安徒生的信仰提供了佐证。但这个构建整体的尝试正好体现出整体不容忽视的缺席。既然一个更高的真理世界高踞于每个人感知到的不谐世界碎片之上，安徒生只得承认，个体的感知世界不具备绝对真实，但这又违背了诗人对高层次的真实与和谐的信念。于是，安徒生接受了“感官真实”的概念，即对每个主体来说毋庸置疑的主观真实，妥协于绝对的唯一和分散的多元之间。

第六章

安徒生和托马斯·曼：永恒欲念的重现

1875年8月，安徒生去世，短短两个月以前，在安徒生一度热爱又不得不割舍的德国，一个男婴出生在北方汉萨名城吕贝克的一个富裕市民家中。这个孩子少年时期目光敏锐，性格温和，热衷于扮演王子，用木偶娃娃表演童话故事，后来也开始写自己的故事，几十年后将在瑞典皇家学会接受诺贝尔文学奖，在大洋彼岸的美国被誉为德意志文化的代言人。此人就是托马斯·曼，《布登勃洛克一家》和《魔山》的作者。

虽然比安徒生晚出生70年，托马斯·曼不像丹麦诗人那样关注现代科技和人类未来的乌托邦，他出生和成长在欧洲市民群体式微的时代，一生中经历了两次世界大战和一场地理兼精神上的漫长流亡，不再乐观相信人类可以用理想信念引领自己进步。他的思想脉络根植在19世纪末的欧

托马斯·曼很早就读了尼采艺术哲学专著《悲剧的诞生》，习惯于按照酒神和日神的范例，用二分法观察世界，在他的作品中，精神和生活分别对应的是艺术/死亡和真实/生活、艺术家性和市民性、审美和伦理道德、无用无果和有用丰饶、爱欲和婚姻、放纵和忠诚、个人主义和团结社会、悲观主义和积极生活等。这个概念组构成的清单可以无限延伸下去，但总有些欲言又止的意味。在散文《论婚姻》中，托马斯·曼终于透露，这名词背后，是他早年不愿说出口的两个概念：同性恋及异性恋。

这触及托马斯·曼本人内心的秘密。现代艺术家的创作源于理念，和生活及大众没有直接接触，他们和同性恋者同为生活秩序的反叛者，而且都具有男女两性特质。艺术家承受着认知带来的痛苦，因为内心的匮乏和对生活的渴望而创作，既是作品诞生的灵感和缘由，也是主动的创造者，兼具男性和女性角色："我总觉得我们艺术家的命运同那些预先准备好当罗马教皇歌童的人的命运差不多……我们虽然唱得很好听，很感人，可是——"[1]（《托尼奥·克勒格尔》）尤其"为艺术而艺术"的唯美主义现代艺术对"美"的渴求让人暂时处于一种超脱状态，从生活与道德秩序中暂时解脱出来，在虚空的自由中享受着虚假的满足，可谓是死亡与情欲

---

[1] [德]托马斯·曼《死于威尼斯》，第183页。

的写照。

《论婚姻》是托马斯·曼对现代艺术家问题的论述，也是曼对自身同性恋倾向的一次加密的自白。读懂了曼在这篇散文中隐约透露出的自传性信息，读者会发现，作家的所有虚构创作都在写他自己，不仅是那个身为艺术家、高踞于凡俗世人之上的他，而且是那个用渴望的目光遥望着金发少年、胆怯地隐藏自己无果爱欲的他。同性恋主题隐藏在作品中的各种异类形象背后，隐藏在精神和生活二元对立的文本结构之中，隐藏在作家求索"综合命题"的动机中。托马斯·曼总是在做假面的自白，希望让自己得到理解，又必须回避那些陌生又粗鲁的目光，于是，他想到了自己家喻户晓的异类同伴、前路上的先行者。1928年9月，曼填写柏林杂志《女士》副刊的问卷调查时，遇到了这样一个问题：一生中对您影响最大的一本书是哪本？托马斯·曼写道：

"我也可以声称是《作为意志和表象的世界》，或者写尼采或托尔斯泰。但我相信还得再往前回溯一下，我想，我最早的文学体验也是最深刻的体验：那就是安徒生童话。"[1]

托马斯·曼很早就知道安徒生同样爱慕男性。安徒生性取向这个话题早在19世纪就开始受到关注。1901年，第一篇

[1] Thomas Mann, *Königliche Hoheit* (GKFA 4.2), hrsg. v. Heinrich Detering in Zusammenarbeit mit Stephan Stachorski, Frankfurt a. M.: S. Fischer Verlag, 2004, S. 141.

研究安徒生同性恋倾向的学术文章《汉斯·克里斯蒂安·安徒生：其同性恋身份的证据》在德国发表，这篇文章根据安徒生童话和长篇小说中的内容，就作家隐藏的同性恋倾向进行探究，在当时引发了不小的社会讨论。毕竟，安徒生童话是市民儿童房间中的必备书籍，而同性恋在威廉二世统治的德意志帝国是种社会禁忌。此时的托马斯·曼刚刚出版了第一部长篇小说《布登勃洛克一家》，正默默地爱着一位年轻的友人：性格开朗、热爱生活的画家保罗·埃伦贝格。这段感情曾让身在冰冷文学世界的托马斯·曼体会到温暖和幸福，被他视作“精神”对“生活”的思慕。但他早就知道，即便对埃伦贝格的感情带给了自己无数幸福的时刻，也注定不会有结果。1903年，托马斯·曼结束了这段精神恋爱，决心追求富裕的女大学生卡提亚·普林斯海姆，建立家庭。

安徒生也曾体验类似的精神恋爱。他喜爱的友人爱德华·柯林拒绝对他以“你”相称，坚持用正式的“您”彼此称呼，让满怀柔情的诗人十分难过。托马斯·曼显然对这个细节印象深刻，在长篇小说《魔山》中，汉斯·卡斯托普在一个氤氲着爱欲和酒气的“瓦普吉斯之夜”，终于可以和思恋的舒夏特太太以“你”相称，而舒夏特太太让卡斯托普着迷的，正是那双令他回忆起中学男同学普利毕斯拉夫·希培的高颧骨和鞑靼式细长眼睛，而这位借铅笔给卡斯托普的希培的原型，是作者托马斯·曼少年时代爱慕过的男孩威利拉姆·提姆佩。曼相信，当柯林拒绝用随意的“你”称呼安徒生，正统守序的市民世界拒绝为诗人敞开大门，安徒生体会到的失落，正是生活对精神的拒绝，是属于同性恋、艺术和死亡这一方面的人定然会遭受的命运。

或许，在了解安徒生禁忌的爱欲后，托马斯·曼理解了安徒生努力融入哥本哈根市民群体的意愿：这个孤独的“异类”希望获得生活的接纳。他也读懂了童话中那些让他的心怦怦跳动的憧憬和欲望。正如曼自己在创作中用精神和生活的对立掩饰自己禁忌的欲望，书写爱慕市民女子的残疾人弗里德曼先生和用对彼此的禁忌爱欲“报复”生活的双胞胎兄妹，戴着这些“面具”表达自身，安徒生也把自己的爱欲故事包裹在奇妙的童话故事中。于是，托马斯·曼把安徒生童话吸纳进自己二元对立的世界体系，用来自童话的符号透露出精神和艺术的世界对生活的永恒渴望，暗示读者，小说情节只是表象，曼想要表达的，是精神否定自身、追求生活的形而上架构。所以，细心的读者会在小说中发现大量童话碎片：无论《布登勃洛克一家》中会写童话且跟汉诺·布登勃洛克关系暧昧的凯伊（Kay，困在白雪皇后的宫殿里等待获救的小男孩叫加伊，即Kai），还是《魔山》中的少尉约阿希姆·齐姆森（Joachim Ziemßen，这个人物的姓氏跟Zinn一词有着同样的首字母，Zinn即德语中的“锡”，这名立志上战场的患病青年和安徒生的锡兵之间的相似之处并非巧合），更不用说托马斯·布登勃洛克的坏牙（安徒生童话《牙疼姑妈》）、《衣柜》中的雨伞（童话《梦神》）等来自安徒生童话的零散符号了。这些童话碎片在小说中充当的是引领读者开启隐藏意义层面的钥匙。

不过，在托马斯·曼的所有作品中，引用安徒生童话次数最多的，还要数他的第二部长篇小说《陛下》（1909）。这部宫廷小说具有自传色彩，以作者和卡提亚·普林斯海姆婚恋前后一段时间的经历为蓝本，在小说的结尾，孤独的王子找到了他同样高贵的“美元公主”，获得了兼具“严肃和幸福”的童话结局，在用未婚妻带来的金钱拯救空虚国库的同时，用自己的婚姻给国民做出了爱情和团结的榜样，把自己切实地和人民联系在一起，得到人民的衷心爱戴。这个幸福结局是托马斯·曼创作中后期德国式民主理念——文化精英引领和教育人民——的前身，被作家称为自己民主求索道路上的“里程碑”。不过，作者自己也知道，王子和公主用资金而不是资本主义制度拯救一个落后的君主制国家，这种故事只可能存在于童话层面。他的自传性长篇小说与其说向读者展现现代君主制度的可能性，不如说从头到尾都只是作家对精神和生活对立命题的又一种变体。

1939年，曼在《陛下》一书的美国版前言中指出，小说主角、代替兄长履行国君应酬义务的王子克劳斯·海因里希的军装和残疾的左手影射的是安徒生著名的童话形象坚定的锡兵。而“坚定的锡兵”，“说到底，那是我生命的符号”。（托马斯·曼1955年2月9/10日致阿格内斯·E.迈尔信）这个在士兵的天职和身体的缺陷两个极端之间努力挺立的小玩偶，和小说中既生而高贵又身有残缺的王子如出一辙，克劳斯·海因里希王子始终把自己残疾的左手藏在背后，努力扮演完美的君主符号，也是托马斯·曼本人的写照：不断地和眷恋死亡的浪漫主义精神斗争，不让自己流连于冰冷的文学和无果的同性爱欲，努力用生活“战胜”浪漫主义，肩负起文化精英教育民众的责任。

《陛下》中出现的童话原型远不止坚定的锡兵一个。《海的女儿》中渴望人间生活和美好爱情的小美人鱼也被曼化用到作品中来。根据海因里希·德特林等人的研究，安徒生是为了纪念自己对友人爱德华·柯林多年来没有结果的恋情而创作了这篇童话，把在爱情中“半女性化”的自己写入了半（女）人半鱼的小美人鱼这个角色中。[1]拥有类似经历的托马斯·曼读懂了这个童话角色，晚年的他让《浮士德博士》中同样有着自传性色彩的双性恋角色阿德里安·莱韦屈恩称安徒生的小美人鱼是自己的“妹妹和新娘”。在《陛下》这本早年小说中，小美人鱼这一形象被克劳斯·海因里

[1] Heinrich Detering: *Das offene Geheimnis*. Göttingen: Wallstein, 2002. pp. 197–202.

希的妹妹——下嫁给实干家、用高贵身份换取幸福的公主迪特琳德直接提到，但主要和克劳斯·海因里希的“小妹妹”“小新娘”——女主角伊玛·斯别尔曼这个“童话国度的仙子”联系在一起。伊玛“胳膊和脖子上的皮肤像烟雾中的海泡石那样微显棕色；那张奇特的孩子气的小脸上过大的双眼神情严肃，熠熠发光，眼波流转中仿若不断倾诉着什么，她那蓝黑色的头发中有一绺掉到了额头的一边”[1]，她穿着一条“海水那样绿的丝绸裙子”，住在一座名叫“海豚苑”的宫殿中，宫殿里有一座花园，那里有“玻璃穹顶”，地面上铺着光可鉴人的方石砖，园子里“落水幽咽，叮咚作响”[2]。这些影射大海和人鱼的元素暗示出伊玛和克劳斯·海因里希一样身处于遥远的童话之中，与小美人鱼共享命运，成长于一方与外面世界对立的孤独天地中，渴望得到解脱，是和克劳斯·海因里希精神相通的姐妹，两人的结合不仅为了建立家庭、拯救国家，更是两个同属于精神世界的异类互相拯救，携手走向人间。同时，这些童话元素可以提醒那些和作者一样敏锐的读者（“被选定的读者”），童话源文本暗含的“性别倒错”与“双性”等主题也存在于小说中。

当然，单凭影射《海的女儿》的童话元素，大部分读者

---

[1] [德]托马斯·曼《陛下》，杨稚梓译，上海：上海译文出版社，2022年，第257页。

[2] [德]托马斯·曼《陛下》，第198页。

不可能直接联想到和作者及其同类们的生平相关的性别倒错主题。但除了《海的女儿》之外，小说还有另一篇与性别角色相关的童话源文本。克劳斯·海因里希国都的老王宫中有一间“银厅”，王子童年时期在这间冰冷破败的大厅里感到刻骨的孤寂，长大后又是在这座大厅中举办结婚仪式，在大厅的窗前提出“严肃和幸福”的愿景。作者对这间大厅的布置进行了详细的描写，《白雪皇后》中空洞、广阔又寒冷的雪厅连同地上结冰的湖一起，被直接搬到了小说之中：

> 那个寒冷的冬日，他的小鞋子映在亮如玻璃的镶木地板上。地板被淡黄色的填料分隔成大方块，在他面前如冰面般铺开。……四壁上矗立着巨大的银框镜子，两两相对，玻璃上是模糊的污渍，宽阔的白色大理石镜架上面摆着枝形烛台，每面上都是右边两架、左边两架，矮些的立在高的前面，烛台上和四周的壁灯一样，也和角落里的四个长杆银烛架一样，都插着长长的白烛。右侧朝着阿尔布莱希特广场的高窗外，窗台上盖着皑皑白雪，窗里是有些黄污的白绸幕帘，由银绳打出褶皱，镶嵌着花边，沉重地落在镶木地板上，一派华贵之象……[1]

[1] [德]托马斯·曼《陛下》，第52页。

《白雪皇后》不仅为小说提供了一间具有象征意义的大厅，直接点明了主角这个高贵的“异类”面临的困境，也让《陛下》的文本结构得到了可以借鉴的范例。《白雪皇后》的两位主角经历了许多冒险、离开冰雪茫茫的拉普兰后，回到祖母身边、有玫瑰和赞美诗的故乡，从孩童成长为具有宗教道德和家庭伦理观的成年人，这是一个典型的成长故事，很容易纳入托马斯·曼二元论的观念世界中。不过，类似于《海的女儿》，托马斯·曼在《白雪皇后》中读出了更明显的安徒生自传性信息。

正如童话中的男主角加伊被动地在雪厅里等待女主角格尔达的救援，在托马斯·曼的小说中，扮演童话中经典男性角色的也不是克劳斯·海因里希，而是女主角伊玛：是伊玛离开自己的国家，外出冒险，最终拯救了受困的王子，得到了人民的爱戴。《白雪皇后》是一篇颠覆了传统性别概念的童话，不仅男女主角的角色职能对调，一些次要角色身上体现出比男女主角更明显的性别倒错特质，例如要求小格尔达和自己一起在床上睡、会把格尔达“拦腰抱住”的小强盗女孩带有些许女同性恋隐喻，其母“老女强盗”则长着“又长又硬”的胡子，“蓬松的眉毛把眼睛都盖住了”。童话中的这幅人物群像体现了作者安徒生以自身特例为蓝本的独特性别观念：具有两性特质的男性和女性。值得注意的是，安徒生并没有像对待《海的女儿》那样，着力表现性别倒错带给角

▲
佩涅洛佩是荷马史诗《奥德赛》中的人物，
主角奥德修斯之妻，忒勒玛科斯之母。奥德修斯在特洛伊参战十年，
其后又经历了十年的归乡之旅。这二十年间，佩涅洛佩拒绝了无数求婚者，
称自己必须为公公拉厄耳忒斯织好裹尸布才能再嫁，
于是白天织布，夜里把治好的布料拆开。最
终，这位忠诚的妻子等到了奥德修斯回乡的那一天。

色的痛苦，反而把兼具两性特质的小格尔达塑造成一个天真的孩子，还没有“堕落”成成人，具有超凡的力量和进入天堂的资格，让这个“完美”的角色成为作者自己及其同类们升华后的理想形象。

正如安徒生用强盗母女这两个次要角色暗示性别倒错主题的存在，托马斯·曼也只是利用看似随意的细节描写，把来自《白雪皇后》的童话符号嵌入自己的小说中。他不仅接受了《白雪皇后》中的性别角色设计，还根据这种设定制定了《陛下》的文本结构，让克劳斯·海因里希和伊玛这对具有性别倒错气质的恋人结合，故意造就没有现实意义的童话结局，把兼顾高贵和幸福这种理想的实现限制在童话范围内，借此承认，此时的他还没有找到结合精神和生活的方法，没能战胜浪漫主义对死亡的倾慕，只好给出一个没有现实意义的理想化结局，道明自己探索的方向。曼引用安徒生童话元素时，不但捕捉到了安徒生叙述中的隐秘信息，还意识到，这些无法直陈的内容是理解安徒生创作的关键，也是他自己创作的最初动机。毕竟，如托马斯·曼在《托尼奥·克勒格尔》中所述，写作源于生活的匮乏，作家用语言将那些无解无果的欲望控制在纸面上，用理性抑制心中的幽暗混沌，同时和读者——和外部世界建立联系，希望读者理解自己用创作教化自身的努力，从而原谅自己：人们有朝一日应该发现这些隐藏的真实，但不是现在。学者米夏埃尔·马尔用《奥德赛》中白天织布夜晚拆掉的佩涅洛佩来形容托马斯·曼这种写作方法：打算表达，却选择沉默，让读者的视线永远和真实错过。

托马斯·曼将安徒生的童话话语纳入自己的小说话语，

借诗人之口为自己发声，因为他亲身体会过的欲求和沮丧都是安徒生体验过的，无法抵抗的无果之爱在安徒生和他自己身边一遍遍重演，将来也会突破线性时间的障碍，在他人身上一次又一次再现，超越了人类伦理解释的范畴，直接昭示出表象世界的虚幻和真实世界的结构。托马斯·曼相信，这些一次次侵袭自己生活、命运般的事件向他揭露了世界的真实：被理性和秩序压抑的混沌定会一次次爆发，历史的线性进步只是相对的，永恒则是同样的事物如宿命般一次次重复。在托马斯·曼虚构作品具有自然主义风格的表层叙事之下，这张由欲念的沉浮交织而成的网络构成叙述世界的真实结构。

同样的事物不断重现，每个人都行走在前人的足迹上，既是个体又是类型的又一次呈现：这种“类型”就是在托马斯·曼创作中后期非常重要的“神话”理念。曼在国家社会主义时期流亡海外，这期间出版了《约瑟和他的兄弟们》长篇小说四部曲（1933—1943），通过这部巨著完善了这种神话理念，并在此基础上演绎出了一条兼顾个体和社群的民主之道，完成了童话小说《陛下》没能做到的事。圣人约瑟在《圣经》中以法老的宰相这一身份闻名，因解梦能力帮助埃及度过七年大饥荒，在托马斯·曼的小说中被称作“给养者”。他超越了因欲望而充满痛苦的表象世界，作为一个纯粹的认知者观照主观世界，和曼氏作品中的艺术家形象相似。可以说，这是曼对自己所属类型的又一种表达方式。约瑟知晓自己命中注定的角色，意识到并有意扮演“给养者”，在这个过程中脱离又回归了自己的类型，不再是盲目地表达命运的个体，反而凭借个体的自由意志表达自己的天职，由此让自己所属的神话类型中那些具有维系性和模式性的东西和个体自我的自由意愿达成了统一，特殊和普遍在这个人物身上得到了完美的融合。正如托马斯·曼在追随安徒生、普拉滕等同类的范例基础上认识到了自己的本质，约瑟也在追随古巴比伦谷神塔木兹的过程中知晓了自己喂养灾民的天职。兼顾“高贵和幸福”的理想在《陛下》中只能通过童话实现，在“约瑟”四部曲中凭借神话理念成为了现实。

第七章

安徒生和后世

1875年8月4日，70岁的安徒生在友人梅尔希奥尔夫妇的罗莱德别墅去世，这栋美丽的花园别墅位于哥本哈根北郊，从这里可以看到田园风光和厄勒海峡，遥望瑞典。在这栋充满树影花香的宅院中，在梅尔希奥尔夫妇无微不至的照顾下，年迈的安徒生度过了人生中最后一个夏天。

然而，对于诗人来说，这又是一段病痛的时光。晚年的安徒生罹患肝癌、风湿病等多种疾病，需要靠吗啡减轻痛苦，因疾病而越发怪异多疑，畏惧死亡来临。他曾对多萝提亚·梅尔希奥尔太太说，如果有一天她发现自己死了，请务必割开他的动脉验证，切勿将他草草埋葬。这样仍然不保险，安徒生常常把一张小纸条放在自己的床头柜上，上面写着“我只是看上去死了”。我们早已知道，诗人完全无需如此担心自己被世间遗忘。从19世纪40年代开始，安徒生已

Grosserer M. G Melchiors Landsted »Rolighed«, i hvilket H. C. Andersen døde den 4de August 1875.

▲
梅尔希奥尔夫妇的罗莱德别墅（Rolighed，丹麦语意为“静好”）。
梅尔希奥尔夫妇在19世纪50年代购入这座别墅，
1869年将其重建为荷兰文艺复兴风格。安徒生常常造访这座别墅，
1875年6月12日后住在这里，接受梅尔希奥尔夫妇的照顾，
度过了人生的最后两个月。他有两句诗献给这座别墅：
我的家在接骨木花背后的家园中
让我的生活有了阳光，让我的竖琴鸣响。

经全欧闻名，游历欧洲各国时总能听到外国读者对自己作品的赞赏，在各国王公贵族间大受欢迎。1875年4月1日，即安徒生70岁生日的前一天，诗人前往阿马林堡宫，受到了丹麦国王克里斯蒂安九世的接见，向国王回忆起自己求学期

间在皇家公园中吃白面包充饥，而如今那同一地方即将建起一座他自己的雕塑，老人从底层少年到艺术大师的壮阔人生让国王动容。同年8月11日，安徒生的葬礼在哥本哈根的圣母教堂中举行，克里斯蒂安九世率领各位王室成员、文武百官和外国使节出席，梅尔希奥尔家、柯林家、奥斯特家等故友位列前排预留位，来自全世界的读者让整个教堂座无虚席。风琴手J. P. E.哈特曼为逝者谱写了一首乐曲，这位多年好友曾为1844年去世的雕塑家贝特尔·托瓦尔森的葬礼作曲，让安徒生初次领悟伟大人物之死的神秘与庄严。根据安徒生生前的要求，人们在他的棺木上钻了一个靠近他头部

▲
安徒生遗容。

▲

安徒生的葬礼于*1875*年*8*月*11*日

在哥本哈根圣母教堂（哥本哈根大教堂）举行。

葬礼成了一个全国哀悼日。许多人参加了葬礼，

包括国王和王储。由于来宾太多，

很多想要向安徒生致以最后敬意的人甚至没法见诗人最后一面。

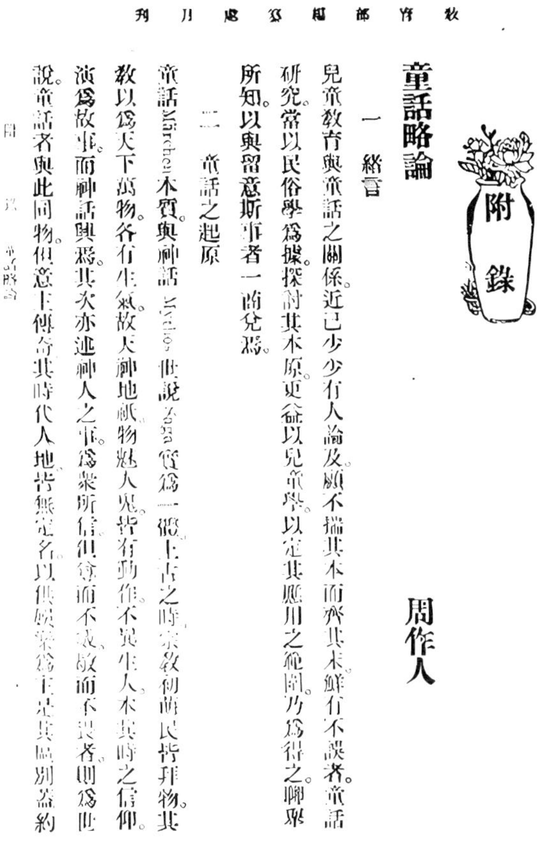
刊月處纂編部育教

童話略論

周作人

一 緒言

兒童教育與童話之關係。近已少少有人論及。顧不揣其本而齊其末。鮮有不誤者。童話研究。當以民俗學為據。探討其本原。更益以兒童學。以定其應用之範圍。乃為得之。鄉來所知。以與留意斯事者一商兌焉。

二 童話之起原

童話Märchen本質。與神話Mythos世說Saga實為一體。上古之時。宗教初萌。民皆拜物。其教以為天下萬物。各有生氣。故天神地祇。物魅人鬼。皆有動作。不異生人。本其時之信仰。演為故事。而神話興焉。其次亦述神人之事。為衆所信。但逸而不域。敬而不畏者。則為世說。童話者與此同物。但意主傳奇。其時代人地皆無定名。以供娛樂為主。是其區別蓋約

附錄 童話略論

▲

周作人《童话略论》（载1913年《教育部编纂处月刊》第一卷第八册）

增订本《域外小说集》中所收周作人译《皇帝之新衣》。

皇帝之新衣

丹麥 安兌爾然 著

三九

昔有一帝、特愛新衣、盡耗財貨、不問兵戎、亦不寄心於歌舞田獵之事、僅以新衣誇示於衆、或偶一出耳。每時輒一易服、世言其君恆曰上在內閣、今則不爾、但曰帝在更衣殿也。

都之爲地、至極繁華、異城人士、日日紛集。一日、來二騙偷、自稱織工、能製美錦、爲世希有、色采文章、美豔特絕、製以爲衣、復具神異、凡有不稱其職、或愚蒙者、視之不能見也。帝忖曰、「此必極美、而況服此、得以遍驗國人、孰不稱職、或以識別賢愚、吾當立詔之織矣。」遂召二人、予以金貲、俾速始事。

▲

增订本《域外小说集》中所收周作人译《皇帝之新衣》。
《域外小说集》是鲁迅和周作人兄弟的第一部译作，初版共两册，*1909*年出版。周作人在*1910*年至*1917*年间又完成了*21*篇译作，收入*1921*年《域外小说集》增订版（上海益群书社）。

的小孔，让逝者最后一次目睹世人对自己的爱与敬仰。此时的安徒生无疑早已成为最有名的丹麦人，至今仍然如此。

迄今为止，安徒生童话已被译为150多种文字，成为全世界共同的文化记忆。在中国，周作人于1918年在《新青年》第5卷第3号介绍安徒生生平，强调其具有“诗性”和“儿童性”的天真烂漫，并于1919年1月的《新青年》第6卷第1号发表《卖火柴的小女孩》译文，让当时的中国知识分子认识到通过发掘“儿童性”进一步发现人性的可能，在文艺界引起了一波安徒生热潮，和法国启蒙运动时期卢梭对儿童的再发现异曲同工。

到了20世纪三四十年代，在抗日战争和内战期间，文艺界不再如五四新文化运动时期一般赞美安徒生作品中的浪漫色彩和诗性，徐调孚在1935年《文学》第4卷第1号的文章中称，安徒生童话中的“天鹅”和“人鱼”是具有毒质的麻醉品，“他所给予孩子们的粮食只是一种空虚的思想，从未把握住过现实，从未把孩子们时刻接触的社会相解剖给孩子们看，而成为适合现代的我们的理想的童话作家”。这一时期的学术界一方面认可安徒生童话在儿童性和艺术性上取得的巨大成就，另一方面批判其浪漫主义思想局限性，认为儿童文学必须“给少年以阶级的认识，并且鼓动他们，使他们了解并参加斗争之必要，组织之必要”（金星《儿童文学的题材》，1935年）。在这种具有强烈时代色彩的斗争观念左右下，唯有《皇帝的新装》和《卖火柴的小女孩》等少数几篇安徒生童话被解读为嘲讽或批判现实之作，被誉为现实主义创作的范本。这一时期文艺界对安徒生童话的取舍具有时代局限性，当代文学研究界一般认为，《卖火柴的小女孩》并非批判现实之作，小女孩和外婆一起飞入天堂，反而是具有主观真实性的幸福结局。

20世纪50年代末，叶君健首次从丹麦原本重译安徒生童话全集，并对这些作品进行系统性介绍。由于马克思主义文学理论主导50年代的中国文学批评，人们主要从社会历史角度分析和研究文本，读者心目中的安徒生刻板形象也在三四十年代评论的传统基础上进一步加强，他被简单视作一个同情苦难大众、具有阶级和批判现实视角的作家。叶君健在翻译和介绍安徒生童话时大量融入这种观念，把作家打造成具有革命思想的人民代言人，对安徒生童话在新中国的传播和接受具有极大的推进意义，但也让几代中国读者多少有些“误读”了这些作品，关注作品教育意义和思想性的同时，忽略了作品本身的文学价值。

“误读”安徒生的并不止上个世纪的中国读者，据周作人评述，英国读者曾普遍认为安徒生太过感伤，苏联也曾因这些故事对王子公主的赞颂而抵制安徒生童话。究其根本，各种“误读”的原因还是读者对安徒生其人和童话这种文体不够了解。把童话简单视作儿童文学文体，弱化这种文体的文学价值，抬高作品的教育功用等社会意义，无疑会让读者阅读童话时不自觉地带上具有意识形态色彩的眼镜，忽略这种文体独特的艺术特征。更有甚者，一些儿童版《安徒生童话》为增加教育意义或给小读者呈现“大团圆”式结局，对原文的情节进行修改，删减原有的宗教元素，殊不知安徒生童话和作者的生平密不可分，无论作品中的宗教元素还是悲剧结局，都是作家对自己人生的注释。

从20世纪80年代开始，安徒生童话在中国获得新的生机。叶君健、任溶溶、林桦和石琴娥等人的安徒生童话全译本相继出版，安徒生自传和传记（如布雷斯多夫《从丑小鸭到童话大师——安徒生的生平和著作》、詹斯·安徒生《安徒生传》等）、研究资料和这位作家的长篇小说、诗歌、游记、剪影等创作也陆续出现在中国图书市场上，让读者和研究者对安徒生的认识越发清晰。近年来，中国学者编著的研究性作品（如林桦编著的《安徒生剪影》、李红叶著《安徒生童话的中国阐释》、王泉根主编的《中国安徒生研究一百年》等）及国内外根据安徒生生平和作品改编的影视和话剧作品，让读者有机会从社会历史之外的其他角度认识安徒生作品，如在《白雪皇后》题材基础上创作的迪斯尼动画《冰雪奇缘》（2013）上映后，很多观众回头审视童话原作中的女性主义基调，作品的意义层面获得了新视角下的发掘。

直到今天，安徒生童话仍然与格林童话并列为“童话”

这一文体的代表。不知多少人一生中接触的第一篇文学作品源自这位丹麦作家之手，德国作家托马斯·曼、英国作家奥斯卡·王尔德、中国诗人顾城等文学大家的创作都受到安徒生作品的直接影响。然而不同于用套路化的陌生和神奇营造异域氛围、从而吸引读者的格林童话，安徒生童话之所以拥有长久的生命力，是因为这些作品具有惊人的现代性，剥去童话故事中那些奇幻的外衣，他讲述的总是一个隽永的现代人的故事。

“我们现在来扮演人好吗？因为这究竟是值得一做的事情呀！”童话《钱猪》是一个戏谑哥本哈根市民群体的小故事。一个儿童室中的各种玩具试着模仿人，在小玩偶舞台上搭建出现代社会中纷繁芜杂的方方面面：贵族和市民、血统和训练、铁路、蒸汽和政治，而钱猪这个腹中装满钱币、地位最高的玩具在观看这台戏剧时为了“跑到广大的世界里去”，从橱柜上掉落，摔成碎片。如何在无法真正理解的时代大潮中扮演人——“成为人”，这是安徒生创作中永恒的主题。无论《钱猪》《丑小鸭》《沼泽王的女儿》《白雪皇后》还是《夜莺》，安徒生讲述的总是异类试图模仿“人”，进入制度化、常规化、现代化的人类社会，这些懵懂的异类又该如何在全新的世界中保存自我。“变成孩子，我们才能进入天堂。”可当童真已经成为政治社会中的软肋，天堂已被蒸汽火车碾碎之时，小小的个体又该如何在坚守孤独和融入温暖间抉择？终其一生，安徒生都在和他笔下同为异类的角色一起求索这个问题的答案。个体和群体之间的平衡要怎样维持？个体或妥协，或失败，或遁走，或在成长中继续求索。每个面对现代社会的钢筋水泥自觉过于渺小的个体都会在安徒生笔下读到自己的辛酸和释然。

把“成为人”这一主题演绎得最为直观的故事，还要数童话《海的女儿》。“美人鱼”这个形象从古希腊的塞壬转变为中世纪的元素精灵和德国浪漫派的“水妖”，终于被安徒生加工为比人类更可爱的经典文学形象：正因为小美人鱼模仿人类，在这段成长经历中保持了一些超越人类的特质——尚未被束缚住和定义的、属于孩童的自然和纯朴。把《海的女儿》解构成一个成长故事后，渴望灵魂和爱情的美人鱼成了一个文学符号，被改编进戏剧、歌剧、电影、漫画等文艺作品中，更是在一些新的文学作品中得以重新演绎。研究者朱莉·K.艾伦在她研究安徒生童话社会性的论文中总结了四篇改编自《海的女儿》的小说，认为这四篇小说可以代表现当代作家对这篇童话的几种典型改编模式。[1]四篇作品分别是苏格兰作家娜奥米·米奇逊的短篇小说《小

---

[1] Julie K. Allen, "(De-)Constructing Community in Twenty-First Century Literary Transformations of Hans Christian Andersen's 'The Little Mermaid' and 'The Snow Queen'", *Hans Christian Andersen and Community*, Anna Klara Bom, editor. Odense: University of Southern Denmark Press, 2019, p. 279–300.

美人鱼》（1936年创作，2014年出版）、爱尔兰作家露易丝·奥尼尔的长篇小说《表面破碎》（2018）、美国作家提摩西·沙菲尔特的反乌托邦小说《树上的美人鱼》（2010）和美国作家玛丽萨·迈耶的短篇小说《小机器人》（2016）。

和很多新编故事一样，米奇逊的《小美人鱼》没有像原作一样把重心放在探讨人类灵魂这一基督教问题上，并把原作较为乐观的开放式结局改成悲剧。和《海的女儿》一样，主角人鱼达夫妮亚渴望进入人类世界，因而离开了同类的国度，但不同于安徒生童话的是，小说中的女主角就此与人鱼王国完全脱离了关系，也没有得到人类的接纳，最终失去一切。小说以主角姐姐为叙述者，在叙述过程中回忆达夫妮亚孩提时期就渴望岸上的诱惑，指责达夫妮亚生来就不合群："就仿佛她骨子里有什么东西不对劲，让她跟我们其他人鱼不同。"作为人鱼群体的代表，姐姐认为达夫妮亚之所以以悲剧收场，都是她自己的错，是她出于自私的渴望，自己决定脱离群体，挑战权威。达夫妮亚触犯人鱼群体的禁忌，在救助王子时触碰了活人的身体，为获得双腿向海女巫求助，海女巫剪掉她的头发，割开她的身体，雕琢她的身躯，赋予她人形。尽管如此，"她无法变成真正的人，她得不到那个东西，不管那是什么，他们说那东西比我们平静的海洋生活好得多，……就是被人称作灵魂的那个麻烦东西"。达夫妮亚成了介于人和人鱼之间的混合体，被家族排斥和遗忘，如她的姐姐所说，“对于我们来说，已经没有她了；记住她是没用的”。

与其说这篇小说讲的是达夫妮亚的悲惨命运，不如说它的核心是人鱼家族对达夫妮亚苦痛的漠然。有一天，达夫妮亚的姐姐们在海边看到她，此时达夫妮亚已经一头白发，但她们还是记起她来，问她是否得到了人类的灵魂。达夫妮亚哭了，后悔自己失去了一切：“都完了，陆地不想要我。”达夫妮亚的痛哭遭到的却是姐姐们的讥笑，她在绝望中走向大海，却没有和人类一般淹死，而是如沙子一样，被海浪冲刷得无影无踪，“达夫妮亚站过的地方，现在只剩下涌动的海浪和泡沫，她或许又和我们人鱼融合在一起，以及属于我们的海洋世界”。米奇逊的小说删去了安徒生童话中的超验结局，暗示达夫妮亚不可能有机会在死后获得灵魂，反而有可能带着对往事的追悔与自己抛弃的族人和故乡融合在一起，回到了原点。这篇充满妥协意味的现代小说仿佛安徒生童话幻灭后的版本，是现代人的现实面对童话之时无情又无奈的揶揄。

相较于米奇逊的小说，露易丝·奥尼尔的《表面破碎》是一部具有反抗精神的作品。奥尼尔同样放弃了安徒生童话中基督教和异教间的隔阂，着重描述女性遭受父权社会暴政压迫后的奋起反抗。小说女主角的名字“盖亚”源自希腊神话中的大地女神，她生在一个严酷的父权制家族中，她的父亲依照美貌程度给女儿们排序，如果她们体重增加，或者追求者减少，就会遭到体罚。盖亚16岁时，父亲为了巩固权力，打算把她嫁给并不爱她的中年将领赞尔。作者为故事设计了复杂的政治背景：海洋王国内部派系林立，外部的“流放之地”还有一股不愿服从王权的叛逆力量虎视眈眈，这些外面的人崇拜国内的禁忌之神，或者生来身体畸形，或者是不愿根据盖亚父亲的标准塑造自己的女性，或者没有生育能力，被王国当作边缘人士流放出去。在这些人所处的“流放之地”之外，还有暗影之地，这里生活着海女巫和源自斯拉夫神话的鲁萨尔卡——溺死的人类女性变成的水怪，她们“被抛弃，被伤害，孤苦无依，饱受虐待”，死后贪婪地猎食人类男子。

在这种背景下，盖亚面临的选择是，按照父亲的要求依附严酷的秩序，还是遵循自己的意愿突出王国的重围。在她之前，她的母亲莫瑞恩曾为了缔结休战协议和她的父亲结婚。然而，据说她在盖亚一岁时，跟随人类情人离开了王国。在一番抉择后，盖亚决定和自己救下的人类男子奥利弗一起逃离赞尔和父亲。然而，她很快就发现，人类社会和海洋王国类似，都是欺压女性的父权世界，奥利弗本人软弱无能，其余男人则视女人为玩物。在奥利弗的船上参加夜间狂欢时，盖亚遇到了父亲的妹妹——海女巫刻托，通过刻托了解了父亲凶残厌女的本质。从此开始，这部小说的女性主义基调显露出来，直接针对安徒生童话中的人鱼用自我牺牲换取内心安宁的宗教笔触。盖亚得知，母亲的族人放弃了天生的强大力量，以便取悦海洋王国中的男性人鱼，但最终饱受虐待。她自己的母亲莫瑞恩实际上也惨遭丈夫谋害。“别人告诉我们，那样的力量对于女性人鱼来说不像样，别人告诉我们，如果我们比男人鱼更强大，没有哪个男人鱼愿意跟我们结合。别人警告我们，说我们的力量会让我们的声音过于响亮，过于刺耳。所以女人安静下来，因为别人向我们保证，这样会让我们更幸福。”明白了这些之后，盖亚从自己的姐姐们那里得到了一把刀子，这是姐姐们用自己的头发换来的，她用这把刀子杀死了奥利弗。就这样，盖亚变得自尊、强大，敢于表达自己，直面自己的父亲并拒绝服从他的权威。她用这种新力量为强壮的女性人鱼建立了一个共同生活的家园，因为她相信这是母亲莫瑞恩的理想。在故事的最后，盖亚溺死后变成了一个鲁萨尔卡，死前告诉姐妹们，要“永远记住你们有多强大，不让别人拿走这份力量，或让你自觉渺小。……要活得真实，这才是女人最重要的事”。

相较于《海的女儿》中女主角这一孤独的个体，奥尼尔小说中的盖亚被置于许多关系网间，放弃依附父权社会，寻找女性自己的声音和被掩埋的力量，最终回归母系血源链条，正如小说结尾处盖亚最后的话：“母亲，你能听到我吗？”小说问世于2018年，正好在始于2017年的“MeToo

运动”席卷全球之际，作品中男女对立的激进女性主义论调是作者对新时代女性觉醒运动的回应。

提摩西·沙菲尔特的《树上的美人鱼》不像前两部改编作品一样关注女主角和人鱼家族的关系，反而聚焦于主角和人类社会的关联。这是一个蒸汽朋克风格的世界，人鱼因半人半鱼的外形沦为人类凝视和赏玩的奇珍异宝，他们被冲上海滩的尸体会被人清洗干净，当作物件展出，而那些活着来到岸上的人鱼则成为戏子、妓女或进入修道院，成为人类社会中的边缘者。《树上的美人鱼》的女主角始终没有获得人类的外形，因为长着一头长发，她被称为“拉彭佐尔”（Rapunzel，即格林童话中长着长发的莴苣姑娘）或“佐尔”，她不再是希腊神话和浪漫派文学中的水妖那样危险的引诱者，而是物欲横流的人类社会中的牺牲品，对于人类来说只是一件简单的商品，就连她的舌头都被海盗们割下，当作珍贵的药物贩卖到黑市上。尽管人类法律禁止人类和人鱼结婚，佐尔还是和人类男子阿克谢尔相爱。由于贫穷，佐尔不得不把一些身体器官卖到黑市上。两人秘密结婚。为了避免未出生的孩子重复他们的悲惨境遇，他们决定自杀。但阿克谢尔没有死成，余生郁郁寡欢。他和人类女子迪茜蕾结婚，迪茜蕾带着佐尔死去孩子的骨骸来到二人的婚礼，以免被阿克谢尔抛弃。

沙菲尔特的小说弱化女性视角，叙述批判的对象是藐视生命、将一切解构为商品的后现代人类社会。在这个故事中，没有一个主要角色得到幸福，人人都是无情的买卖链条上的牺牲品。作者让自己的人鱼女主角获得了人类男子的爱情，但这份爱情无法跨越现实的巨大障碍，最终沉沦在虚无主义的未来中。

迈耶的《小机器人》也是一篇具有社会批判意义的小说，故事背景是未来的电子化世界，主角不再是来自海洋王国的人鱼，而是一个名叫Mech6.0的机器人。它向往漫游星空，然而一直是主人的工具，生活的准则就是“不断干活，别惹乱子”。平静的机器人生活被一次叛逆打乱：爱情本来是不会发生在机器人身上的，但Mech6.0的一个人格芯片出现了问题，它救助并爱上了自己的管理员达塔兰。Mech6.0不敢承认自己爱上别人，把感情归结为自己的错误。机器人具有强大的力量，拥有人类的情感后，因脱离程序而不可预料，Mech6.0面临灭顶之灾。于是它毁坏了控制自己行为的中控系统，脱离机器人群体，成为了人类和机器人之间的异类。为躲避追踪，它把自己的外貌改成人形，抛弃了发声用的音箱，改名为“星星”（Star）。它遇到达塔兰喜爱的女子米可，感到内心破裂，怀疑组成自己的机械坏掉了。然而，米可吐露了自己的秘密：她是个仿生人，同样没有人类的权利。星星和米可交换了身份，自己登上星际飞船，前往太空，以此守护米可和达塔兰的人间幸福。和安徒生的人鱼一样，迈耶笔下的机器人牺牲自己，给他人留下希望，放弃了机器人平淡而长久的岁月，在死亡之时获得了生命。

不同于安徒生童话的是，机器人不需要得到人类的爱才能活下来，Mech6.0不用想办法和达塔兰结婚，它不需要获得人类的灵魂和男性的拯救。到了《小机器人》这里，作者彻底脱离了原作中两种性别之间施与受关系的传统基督教模式，甚至把女性主角角色设置为没有肉体属性的机器人。在经历了19和20世纪这两个属于物质和解构的世纪后，宗教信仰在21世纪仿佛已经彻底失去了昔日的效用。但正是在此刻，在这个人类越发依赖科技的时代，人和科技的界限越发模糊，安徒生借人鱼公主这一角色提出的信仰之问在这篇2016年问世的小说中以机械化人的形式得到了延续。一个关于不灭灵魂和生命意义的亘古话题在科技时代获得了新生，“人”之所以为人，是因为血肉之躯，还是出于面对生死之间时做出自主选择的可能?

这四部重新演绎经典童话的作品充分证明了安徒生童话的生命力。四位作家把握住安徒生作品中“变成人”这一核心主题，透过个体与族群、性别与暴政、独立与物化及科技与人这四个在当下尤为重要的视角，探究“人”的成长和自主。从传说和童话到蒸汽朋克和电子时代，当然还有——或者尤其是已经降临的人工智能时代，人对自己的认识越发清晰，也越发复杂和抽象。但即便到了“人”的意义在人工智能技术的挑战下再次面对虚无的今天，每个个体人的成长仍然依循着同一条古老的轨迹：所谓成长总是一步步走向孤独，人总要在不安之时摸索“自我”和“自由”等概念的边界。

说到底，在一切最高准则失去绝对约束力的现代社会，每个人都成了松散群体中孤独的个体。人们既不愿放弃他人带来的温暖和慰藉，也不愿舍弃自己的独立和特别，该怎样在集体和个体之间找到平衡，又该怎样在没有绝对准则提携的情况下跌跌撞撞地长大，这是属于你我等现代人的灵魂之问。或许你也曾站在某个独立和温暖之间的岔路口，希望有人和你站在一起，在这个迷惘的时刻拍拍你的肩膀。而此时，你心中那颗明净的小小火种无声无息地燃烧起来，那是安徒生在你懵懂的童年静静播下的。

附录 I
书信与诗歌

新湖，1843年11月20日

亲爱的英格曼！

这么快就给我写信，您真是太好了。您理解了我童话的风格，这说明您合得上我的节拍！本来，周四收到信后，我就应该提笔写信，寄信到索洛比，但没有时间；我那时正要去新湖，一年多以前就答应了要来这里！你从题头就看得出，我现在就在新湖；我是周五离开的哥本哈根，因此没办法在周四晚上写信，毕竟即便行程再短，也有点事情要打理的。——请向您亲爱的太太致以真切的感激之情，感谢她对我思想的孩子报以兴趣；不久之后，我就会再送出几篇。我觉得，她对我那篇《恋人》的理解非常准确；我只反对她的一个意见，那就是陀螺被镀了金，然而每天挨抽，他体会到的是卑微的宫廷生活；可陀螺喜欢的正是挨抽，挨抽就是他的香槟，因此他也是这样发誓的：如果我撒谎，那就再不挨抽！两个新童话基本上写完了，“魔镜”[1]我觉得写得不坏。有一天，魔鬼发现了一个

---

[1] 即《白雪皇后》，1844年12月出版。

让他很开心的点子，他创造了一面镜子，这镜子有个特点，一切美好出色的东西，在里面一照，就缩成一团，变得渺小，一切错误和缺点则变得很大，很是显眼。如果人心里出现一个好的想法，被镜子一照就会变成一个怪笑。在照完了大地之后，魔鬼飞向天堂，想让上帝和天使也在里面照一照。可这镜子离天堂越近，就越是大笑起来，最后颤抖起来，从魔鬼的手里掉下去，摔到地上，碎成百万片，每一片都飞到人的眼睛里，于是，少数人的眼睛看不清美好，倒只看到缺点；如果一个碎片进了人心，那这些人就会大笑，嘲笑一切！——童话讲的就是这样一个故事，这种事情是怎么发生的，只有诚挚的哭泣，看到上帝的本质，才能把玻璃碎片哭出来！——第二个是一篇关于“老妈妈”[1]的童话——我想，我确实有点写童话的天赋，这让我很高兴！我最早的童话都是孩提时分听来的古老故事，我用自己的方式重新讲了一遍，做了些改写。我自己创作的童话，比如《海的女儿》《鹳鸟》《雏菊》等，才是广受赞誉的，这给了我动力！现在我要讲自己心中的故事，捕捉一个成年人的想法，然后把它讲给小孩子，我考虑的是，爸爸妈妈总会一起听，必须也让他们有所思考！——我有一大堆素材，比其他任何一种诗的素材都要多；现在我就像每一株植物、每一朵小

[1] Hyldemoer，指北欧民间传说中守护老树的神祇。这里指的是1844年的童话《枞树》。

花一样，说着，看看我，只要我愿意，你就会慢慢了解我的故事，我有故事可讲！

有人向我问起《亚哈随鲁》[1]，我跟他们说已经写到路德了，也就是说，第四部分快写完了；不过1844年之前不可能完成。我想，最开心的一件事，就是“哥伦布”那部分即便只是片段，也可以读，让人可以理解，而这部分在全诗中非常突兀。哥本哈根的新鲜事我只知道几件；年轻的韦厄最近首次登台了，在《埃里克和亚伯》中扮演约尔根；有几个人中途喝倒彩，但我觉得他很有天赋。厄伦施莱格尔把他的剧《加里克》从剧院撤档了，这剧不演了，不过《消减王埃里克》马上就要上演了。荷尔斯特正在写一些西西里短篇故事，而赫尔茨，我想，正在翻译加尔德龙的什么东西。——至于新湖的生活，我两天前才到这里。昨天（19号周日）是托瓦尔德森的生日，他很有精神，做完了一个漂亮的浅浮雕：建筑和雕塑。席间有很多不认识的人，晚上还上演了一部戏剧，海博格的歌舞杂耍《学校中的阴谋》；您知道这种私人性质的悲喜剧是什么样！——斯坦姆普男爵写了两首歌曲，索埃托夫特写了一首；我必须很快写点什么，就写了一首歌曲，好看完喜剧上桌吃饭。我非常期待见到您和豪赫，不过我想，这个季节出门会走很久。画家本岑在这里，画完

[1] 指安徒生1847年完成的诗剧《亚哈随鲁》。

了一张叫“新湖”的画；是从花园里看旧庭院，可以看到托瓦尔德森的画室，还能看到他本人站在那里，用谷粒喂天鹅；男爵夫人则在花间漫步。我住的房间可以看到普莱斯托峡湾的美景！观看秋日的大海和半裹在雾中的黑色森林，真是非常有趣。我整个上午都在沿着海岸行走，用黑刺李、小檗和野玫瑰做了一个美丽的秋日花环。我要在这里待八或十天，考虑要做点正事，至少写一篇童话，或者写一幕《亚哈随鲁》！告诉豪赫，我非常想读到他的新小说；我知道，他的书会给我带入清新鲜活的自然氛围，我在其中会孕育新的想法！——向我对博耶森一家问候！——刚才我收到一封斯德哥尔摩来信，是弗蕾德里克·布莱莫寄来的，她让我问候您！她一直问起您的缪斯；她自己也写完了一本新书，很快就要出版了！我感觉，她的气质和性格最近往一个非常虔诚的方向去了。她这封刚写来的信主要说的是叶妮·林德！——是啊，叶妮·林德也是一颗珍珠！我可能从没跟您说起过她。她不是玛丽布兰那样伟大的歌唱家，但也相距不远，而是个更加伟大的演员！她是我见过的最可爱的孩子；就我个人而言，我觉得她就像是文雅的灰姑娘；您听听弗蕾德里克·布莱莫是怎么写她的——“是啊，别以为是您在哥本哈根发现了她的价值、她让人激动的能力。她在这里踏入舞台诗境的第一秒，就成了瑞典观众的宠儿。鲜花像雨一样落在她的脚边，有人给她写诗，甚至还有人求婚！她用自己腼腆、自然清新且宜人的举止迷住了女士们和先生们。她在方方面面都非常有天赋。上帝保佑她！——我一直偏爱她，现在也和这里的每一个人一样，被她作为歌唱家和演员的奇妙才华吸引。如果您想看到叶妮·林德的眼睛闪闪发光，她的整张脸和整个人都因为快乐和灵感之美而熠熠生辉，就跟她谈起她的艺术，谈起这种艺术的美丽和无邪，谈起她对人类灵魂的抚慰作用。但如果您想看到最深邃最美丽的东西，就要跟她谈宗教的神圣学问，谈上帝的恩泽和意志，谈所有人在上帝面前价值等同、权利平等，谈上帝借基督显现，谈全人类的天命——然后您就会看到她喜悦的泪水和感动从年轻的脸上淌下，露出一种孩子般的神情，一双大眼睛虔诚得亮闪闪的，这时候——这时候她很美丽！——”——叶妮·L，我要补充一句，如果您第一次遇到她，会觉得她很丑，但一跟她说话——弗蕾德里克·布莱莫说的一字一句都是真理——我谈她谈得太多了！——您别误会我，她已经——订婚了！——代我向您可爱的太太问好！

您忠实的，

谦恭的H.C.安徒生

[最后一页边上的补充]我会很快收到信吗？我最近收到了一封叶妮·L的信。

莱比锡，1846年9月14日

我亲爱的、尊敬的世袭大公！

我们就这样又分开了，彼此相距甚远！我不知道，但这次我觉得我们只是在两列火车上擦身而过。我的身体比陛下承受了更多的痛苦，或许这就是为什么，我不能像我希望的那样，在您身边时比您更开朗，心灵更健康；我内心一直有这种感觉，我感觉自己又愚蠢又无聊。啊，您是那样爱我！我们在埃特堡那棵细长的山毛榉旁，在美景宫[1]长椅上的对话，我将永记于心。是啊，我可敬高贵的朋友，我们将是一生的朋友；我将竭尽全力，让自己配得上您，因为我知道，居住在您身上、在您身上活动的灵魂，将要把阳光遍洒在那片我像第二祖国一样热爱的土地上。我也将尽一切努力，唤起人们对这个地方的爱和兴趣，在这里，我就像这片土地的孩子一样，受到了君主和最优秀的人的接纳。我真希望每个人都能爱我所爱。您，我高贵、可敬的世袭大公，对我来说，是人性高贵的新证明，让我不得不对人性越发热爱，越发坚信！因为您，我爱上并理解了君王身上的高贵，而这在我们的时代遭到了过于严厉的评判。啊，如果我们能像了解自己一样认识所有人，这世界上将增加多少爱啊。我相信陛下，即便至今为止，我在生

[1] 指魏玛美景宫。

活中很少收到您的来信，将来如果我们更常相见，您和我见面时会比现在更为从容，我毫不怀疑您对我的真挚之心。几个月来，我没有叶妮·林德的一点消息，但我很平静，坚信她待我一如旧日，我在她心中地位稳固，我也是这样相信您，我高贵的朋友。我用我所有的思想拥抱您，请您也像这样理解我！您是这样希望的，当您读完我的自传后还会更加理解我，到时候，我就像一本在您面前打开的书。——我少了您不行！我同样知道，您谈起我时多么真挚，这让我深受感动。

就在陛下离开魏玛的同一天，我也离开了；我在耶拿逗留了五天，和沃尔夫[1]一起将我的多首诗歌翻译成德语，沃尔夫对德语的驾驭能力令人惊叹。译文忠实而优美；两卷诗作即将出版；陛下不了解我作为诗人的能力，因此我为您抄写了三首截然不同的诗，请告诉我哪首最吸引您。我正在莱比锡，忙于编纂我的作品全集。

我在这里遇到了好首相穆勒[2]，我们在弗雷格家吃了午饭；他对我讲了很多关于斯特凡大公[3]的好话，这让我非常高兴，因为我知道，大公有多喜欢您，你们二位是多么友好；我希望您有这样一位朋友，这样会有很多好处。两个高尚的人互相理解，这是一种幸运，一种快乐！对于您来说，

[1] 指奥斯卡·路德维希·贝恩哈特·沃尔夫，德国作家。

[2] 指萨克森－魏玛－爱森纳赫首相弗雷德里希·冯·穆勒。

[3] 指奥地利的斯特凡，神圣罗马帝国皇帝利奥波德二世的孙子。

他一定就是我希望自己能成为的样子！现在——我就什么都直说了——您要比前几年更保重身体！我担心您的身体经受不住这种无休止的劳累，又是舞会，然后狩猎，然后又是新的劳累！您要多保重！为了您爱的人保持健康！和陛下有关的一切都会触动我！您的幸福就是我的幸福！——我将于星期二动身，经由奥登堡前往哥本哈根，十月初抵达。如果陛下这个月就写信给我，那就将信件寄到奥登堡，在邮局留局待取，不然就寄往哥本哈根，寄给国务参事、大十字勋章骑士柯林[1]。请向尊敬善良的大公夫人[2]转达我最真挚深切的感激，感谢你们在我于埃特斯堡度过的短暂时日里对我的仁慈——不，我必须说是热情——态度。但愿陛下也向荷兰国王陛下转达我对这段美好回忆的感激。

请向冯·雷德恩伯爵夫人和博伊斯特伯爵问好！他们对我特别热情友好。博伊斯特伯爵赢得了我的一片心，不过我们知道，您已经得到了我的一整颗心，我崇高、亲爱的朋友。

愿上帝保佑您，指引您！祝您和亲爱的魏玛幸福快乐，陛下。

忠诚不二的H.C.安徒生

---

1 指尤纳斯·柯林。

2 即荷兰的索菲公主，荷兰国王威廉二世的女儿。

小维戈

小维戈，想骑大马吗?
坐上我的膝头，可爱的小伙子!
和你在一起，我又有了童稚的思想和心灵，
我们一起玩，直到你该上床。

和你在一起，我找到了我孩提时的天堂，
忘掉了让心难过的一切;
让我亲亲你的红脸庞，
让我好好看看你那双棕色的眼!

给我看看，你有多大，可爱的小伙子!
天啊，你的手又鼓又圆!
你的红脸庞上留着微笑，
然而最美的是你的小嘴!

你亲花儿，好像那是你的小弟弟，
用你自己的办法和它们讲话，
你的妈妈就是你的大世界，
她的膝头就是你的极乐园。

我答应给你讲个美丽的故事，
快跟妈妈去上床！
我给你唱歌，唱到你进入梦乡，
小维戈，妈妈最好的小儿郎！

也许你，在我老了，在我最后一次安息时，
会为我歌唱；
是的，人们把土撒上我的棺材时，
你为我歌唱那支深沉的摇篮曲！

想着他，他曾多次忠实地把你放在他的胳膊上来回摇晃。
世界会忘掉我的歌！
不知你是不是会把我的爱遗忘？

（任智群 译[1]）

[1] 译文出自《安徒生文集》第三卷，信件中有删减。

致托瓦尔德森值其加入大学生同盟

你可以在酒月[1]成为大学生，
也就是说，如果你成绩优秀，
擅长希腊语和拉丁语，
还有阿基米德让我们发现的那些；
此时聪明人对克利俄[2]发誓；
我们只是随时随意；
你却成了最了不起的监察官；
你用凿子的笔触说话。

你成了大学生，相信我，
这定是十月的硕果；
你用凿开天辟地，
将会为这说法带来荣耀。
你将修习哪些讲述荷马的课程?
你将如何跟随着荷马的前路行进?

---

[1] 德语中十月的一种旧称。
[2] 九位缪斯女神之一，司历史。

你为我们
用陶土创造了整个《伊利亚特》。

正如先人品达，
你在我们的土地上说出优美的话语，
贺拉斯描述的胜景，
被你生动呈现；你理解得透彻。
你塑造出美的寰宇，
从大地的怀抱中塑造出诸神，
甚至将克利俄，那伟大的女神，
呈现在历史之中。

基督教对你提出请求，
你让人在大理石上看到宗教的真谛。
看啊！基督来到圣所，
用力量和温柔让我们恢复精神。
你又雕琢繁星，
仿佛哥白尼留在我们身边；
你把石头写成诗歌。
锻造出自己的风格。

丹麦文，拉丁文，以及大理石的文字
你都会说，可以说得死者复生；
这话语遍传南方和北方，
让丹麦母亲的心灵震颤。
年轻一辈环绕在你周围，
眼睛闪耀如喜悦的烛光。
谁能比鲜活的年轻心灵
怀有更多爱意、更多憧憬？

泪

我的心，是灰色的天堂，
悲伤在其中，如万千世界；
这一切的运转多么奇妙，
胸中竟承载此等重负：
如果你哭泣，便与宁静为伴，
因为每滴泪水都是一个世界，
充满忧愁和喜悦——
这世界从你胸中滚落。

如果你在痛苦中哭泣，疲惫不堪，
泪水将减轻你心房的重负；
无论忧愁有多大，
都在泪水世界的怀抱中。
你是否相信，那观照一切者
不会望见草叶上消融的水滴，
那仅收容努力向他之人者
竟会忘掉一个世界？

附录II
安徒生生平大事记

1805年	4月2日，汉斯·克里斯蒂安·安徒生出生于丹麦菲英岛上的欧登塞，父亲汉斯·安徒生是个鞋匠，母亲安娜·玛丽·安德斯达特当过洗衣妇。	4月，英国、俄国、奥地利、瑞典和那不勒斯等结成第三次反法同盟。 5月，拿破仑加冕为意大利国王。德国诗人弗雷德里希·席勒去世。 12月，法国在“三皇会战”中战胜俄国和奥地利联军。
1812年	第一次接触戏剧。	6月，美国和英国之间爆发1812年战争。 11月，法军撤离俄罗斯。 12月，德国学者格林兄弟的《儿童与家庭童话》第一版第一卷问世。
1816年	父亲去世。	
1817年	母亲再婚，继父也是个鞋匠。	
1819年	坚信礼后几个月，14岁的安徒生于9月6日抵达哥本哈根，希望成为皇家剧院的演员，在随后的数月中得到一些哥本哈根富裕市民的支持和资助。	德国哲学家阿图尔·叔本华出版《作为意志和表象的世界》。

1822年	结束表演学业，创作的两个剧本没能被皇家剧院接受。尤纳斯·柯林成为安徒生的监护人。安徒生前往斯拉格尔斯文法学校接受教育。 同年，以威廉·克里斯蒂安·瓦尔特为笔名出版了第一本书《少年习作》。	
1826年	随文法学校迁至赫尔辛格。	英国人约翰·沃克发明火柴。 法国人约瑟夫·尼塞福尔·涅普斯拍摄了世界上第一张照片。
1827年	离开文法学校，回到哥本哈根，准备高级中学毕业考试。在报纸上发表了一些短篇故事，诗歌《垂死的孩子》分别以德语和丹麦语发表。	德国诗人海因里希·海涅出版诗集《歌集》。
1828年	通过毕业考试，进入哥本哈根大学。	第八次俄土战争爆发。
1829年	正式出版第一部长篇小说《1828和1829年从霍尔姆运河到阿马克的徒步旅行》，戏剧《尼古拉塔楼上的爱情——戏院的顶层观众说什么》在皇家剧院上演。	
1830年	游览日德兰，重返菲英岛。出版第一部诗集。	7月，法国七月革命爆发。法国画家欧仁·德拉克罗瓦创作《自由引导人民》。 8月，法国国王查理十世退位。
1831年	第一次德国之旅，结识路德维希·蒂克和阿达贝尔特·沙米索，出版自己的第一部游记《哈茨、萨克森瑞士等地旅行剪影》。	11月，第一次里昂工人起义。 12月，查尔斯·达尔文乘"小猎犬号"前往南美考察。

1832年	撰写第一部自传《生命之书》，此书直到20世纪才出版。	6月，巴黎共和党人起义。 3月歌德去世，《浮士德》第二部在他去世后出版。
1833年	在德国、法国、奥地利和意大利游学。和雕塑家托尔瓦尔德森成为好友。在旅行途中得知母亲病逝。	
1835年	长篇小说《即兴诗人》出版，最初的两本童话集也在这一年出版，分别收录童话《打火匣》《小克劳斯和大克劳斯》《豌豆公主》和《小意达的花儿》，以及《拇指姑娘》《顽皮的孩子》和《旅伴》。	
1836年	出版长篇小说《O.T.》，发表童话《老上帝还没有灭亡》《神方》《寓言说这是你呀》。	凯旋门落成。
1837年	第一次瑞典之旅。出版第三本童话集，收录童话《海的女儿》《皇帝的新装》，此后每年都有新童话问世，直到1872年。同年将这三本童话集汇成合集。 出版长篇小说《只是个拉小提琴的》，这本小说在次年遭到哲学家索伦·克尔凯郭尔的批评。	6月，英国维多利亚女王登基。 9月，美国人塞缪尔·摩斯发明电报机。
1839年	又一次瑞典之旅。童话集《没有画的画册》出版。	6月，虎门销烟事件。 8月，法国科学与艺术学院购买路易·达盖尔的摄影法专利，宣告摄影术诞生。 12月，丹麦国王弗雷德里克六世驾崩，其堂弟克里斯蒂安八世即位。

1840年	第三次瑞典之旅。戏剧《混血儿》和《摩尔少女》在皇家剧院上演，后者惨遭滑铁卢。开始一次为期两年的欧洲及东方之旅，旅程从德国途经意大利和希腊，前往伊斯坦布尔，回程游览了布达佩斯和维也纳。第一次坐火车出行，从德国马德堡前往莱比锡。	6月，第一次鸦片战争开始。
1842年	出版游记《诗人集市》。	5月，大火将德国汉堡老城大部分摧毁。 8月，《中英南京条约》签署。
1843年	又一次欧洲之旅，游历德国、比利时和法国。结识叶妮·林德。从这一年开始，安徒生的新童话集不再使用副标题“为儿童讲述”，而是题为“新童话”。第一本《新童话集》收录《安琪儿》《夜莺》《丑小鸭》《恋人》。	
1844年	在德国旅行，和卡尔·亚历山大大公成为朋友，会见雅各布·格林。	6月，普鲁士纺织工人起义。 海涅长诗《德国，一个冬天的童话》发表。
1845年	游历德国，会见亚历山大·冯·洪堡和格林兄弟二人。	亚历山大·冯·洪堡《宇宙》第一卷问世。 瓦格纳歌剧《唐豪瑟》首演。 爱尔兰大饥荒开始。
1846年	继续游历欧洲，前往布拉格、意大利、法国、瑞士和德国。	大仲马《基督山恩仇记》结束连载。 陀思妥耶夫斯基出版《穷人》。

1847年	第一次前往英国，结识查尔斯·狄更斯。	勃朗特三姐妹分别出版《简·爱》《呼啸山庄》和《阿格尼丝·格雷》。
	出版《H.C.安徒生全集作者亲修本》，包含第一部正式出版的自传《没有诗歌的我的童话人生》。	6月，共产主义者同盟大会第一次举办。
1848年	获得瑞典北星勋章和卡尔·亚历山大大公颁发的一等白鹰骑士十字勋章。	1月，西西里岛爆发革命。2月，法国二月革命，革命浪潮波及几乎全欧，造成各国君主与贵族体制动荡。
	长篇小说《两位男爵夫人》同时在丹麦和英国出版。这一年出版的《新童话集》包含《一滴水》《卖火柴的小女孩》《母亲的故事》等。	2月，《共产党宣言》发表。
		3月，第一次石勒苏益格战争，8月停战。
		5月，法兰克福国民议会成立。
1849年	第四次瑞典之旅。出版童话剧《比珍珠和黄金更贵重》。	2月，第一次石勒苏益格战争再起。罗马共和国建立，5个月后解散。
		6月，丹麦第一部民主宪法生效。法兰克福国民议会解散。
1850年	出版童话剧《梦神》，同名童话出版于1841年。	咸丰帝即位。
		石勒苏益格-荷尔斯泰因军队失去普鲁士援助，被丹麦军队战胜，没能完全脱离丹麦，加入德意志联盟。

1851年	游记《在瑞典》同时出版于丹麦、德国和英国。前往德国旅行。	汉斯·克里斯蒂安·奥斯特去世。 石勒苏益格-荷尔斯泰因军队被遣散，第一次石勒苏益格战争结束。 5月—10月，万国工业博览会在伦敦举办。
1852年	不再以“童话”之名出版童话故事，而以《故事集》为新书名。新集子包含《一年的故事》《世界上最美丽的一朵玫瑰》《城垒上的一幅画》《最后的一天》《完全是真的》《天鹅的巢》《好心境》。 前往德国、意大利和瑞士旅行。	法兰西第二帝国建立。
1854年	前往德国和意大利旅行。	
1855年	前往德国和意大利旅行。增订版自传《我的童话人生》出版。 出版童话故事《区别》《一个豆荚里的五粒豆》《天上落下来的一片叶子》《老墓碑》《笨汉汉斯》《瓦尔都窗前一瞥》《依卜和小克丽斯汀》《最后的珠子》《她是一个废物》《两个姑娘》《在辽远的北极》《钱猪》。	
1856年	前往德国旅行。	3月，克里米亚战争结束。 10月，第二次鸦片战争爆发。 海因里希·海涅去世。

1857年	英国旅行，在狄更斯家做客。长篇小说《存在与虚无》出版。	大西洋海底电缆建成。 波德莱尔出版诗集《恶之花》。
1858年	德国和瑞士之旅。	
1859年	一年内出版两本故事集，包括童话故事《一个贵族和他的女儿们》《踩着面包走的女孩》《守塔人奥列》《墓里的孩子》《美》《沙丘的故事》等。	达尔文出版《物种起源》。
1860年	前往德国和瑞士旅行。	
1861年	前往德国、法国、意大利和瑞士旅行。	尤纳斯·柯林去世。
	一年内出版两本故事集，包括《乘邮车来的十二位旅客》《老头子做事总不会错》《雪人》《新世纪的女神》《冰姑娘》《蝴蝶》《素琪》《蜗牛和玫瑰树》等。	亚伯拉罕·林肯就任美国总统。 同治帝登基。
1862年	前往西班牙旅行。	林肯签署废奴法律。 9月，普鲁士国王威廉一世任命奥托·冯·俾斯麦为普鲁士首相。
1863年	出版游记《在西班牙》。	
1864年		2月，第二次石勒苏益格战争爆发，战争以普鲁士和德意志联军的胜利告终，10月，普鲁士、奥地利和丹麦在维也纳签订合约。
1865年	瑞典之旅。	5月，南北战争结束。林肯遇刺。

1866年	游历德国、荷兰、比利时、西班牙、法国和葡萄牙。	6月，普奥战争爆发，
	出版最后一册《新故事集》，包含《藏着并不等于遗忘》《看门人的儿子》《迁居的日子》《夏日痴》《姑妈》《癞蛤蟆》六篇。	8月，普鲁士战胜奥地利。
1867年	去巴黎参观世界博览会，前往瑞士。故乡欧登塞授予安徒生"荣誉市民"称号。	2月，奥匈帝国建立。
1868年	游历荷兰、比利时、法国、瑞士和德国。	日本明治维新开始。
	出版游记《拜访葡萄牙》。	西班牙光荣革命爆发。
	发表《干爸爸的画册》《树精》等童话故事。	列夫·托尔斯泰出版《战争与和平》初版。
1869年	获二等丹麦国旗勋章。前往德国、奥地利和法国。	
	发表童话《烂布片》《蓟的遭遇》等。	
1870年	出版最后一部长篇小说《幸运的培尔》。	7月，普法战争爆发。
		9月，法国于色当会战惨败，拿破仑三世投降。巴黎爆发革命，法兰西第三共和国建立。
1871年	前往挪威和瑞典。	1月，德意志帝国建立，普鲁士国王威廉一世登基为帝。
		3月，法国巴黎公社结束。
		5月，普法战争结束，法国割让阿尔萨斯和洛林给德国。德国颁布刑事法第175条，将男人之间的同性性行为定为刑事罪行。

1872年	前往德国、奥地利和意大利。发表了包含《牙疼姑妈》在内的最后几篇童话。	2月，纽约大都会艺术博物馆开张。
	生前发表的最后一篇童话是1872年12月的《跳蚤与教授》。	
1873年	前往德国和瑞士。	世界博览会在维也纳召开。
		10月，德国皇帝、奥匈帝国皇帝和俄国沙皇结成三帝同盟。
1875年	4月2日，为安徒生生日举办了隆重的庆典，生日前一天，诗人坐着皇家马车进阿马林堡宫朝见丹麦国王，从国王克里斯蒂安九世手中获一等丹麦国旗勋章。	亚历山大·贝尔发明电话。
	8月4日，在梅尔希奥尔别墅去世，死因是肝癌。8月11日，在哥本哈根圣母教堂举行葬礼，同日安葬在哥本哈根阿西斯滕斯公墓。奥斯特、克尔凯郭尔和柯林一家也葬在这里。	1月，法国通过《1875年宪法》，确立了共和国体。 光绪帝登基。

参考文献

[丹麦]汉斯·克里斯蒂安·安徒生《安徒生文集》，林桦译，北京：人民文学出版社，2005年。

[丹麦]汉斯·克里斯蒂安·安徒生《安徒生自传：我的童话人生》，傅光明译，上海：上海译文出版社，2019年。

[丹麦]汉斯·克里斯蒂安·安徒生《安徒生童话全集》，叶君健译，杭州：浙江文艺出版社，2021年。

https://www.hcandersen-homepage.dk/

https://andersen.sdu.dk/brevbase/

[丹麦]詹斯·安徒生《安徒生传》，陈雪松、刘寅龙译，北京：九州出版社，2005年。

[瑞士]麦克斯·吕蒂《欧洲民间童话：形式与本质》，户晓辉译，石家庄：河北教育出版社，2018年。

柏灵《科学选择与安徒生对丹麦浪漫主义的反思》，载《外国文学研究》2018年第2期，第97—107页。

Walter Berendsohn, *Phantasie und Wirklichkeit in den „Märchen und Geschichten" Hans Christian Andersens.* Walluf bei Wesbaden: Dr. Martin Sandig oHG, 1973.

Anna Klara Bom (editor), *Hans Christian Andersen and Community*, Odense: University of Southern Denmark Press, 2019.

Alexandra Busch/Dirck Linck (Hrsg.), *Frauenliebe, Männerliebe*, Stuttgart: suhrkamp, 1999.

Heinrich Detering, *Das offene Geheimnis*, Göttingen: Wallstein, 1994.

Max Lüthi, *Das europäische Volksmärchen: Form und Wesen*, Stuttgart: UTB, 2005.

Michael Maar, *Geister und Kunst*, Frankfurt a.M.: Fischer, 1997.

Leopold Magon, „Hans Christian Andersens Märchen und Geschichten“, in Hans Christian Andersen: *Sämtliche Märchen und Geschichten*. Zweiter Band, Hanau/Main: Müller&Kiepenheuer, 1982.

Wolfgang Mönninghoff, *Das große Hans-Christian-Andersen-Buch*, Düsseldorf/Zürich: Patmos, 2005.

Heinz Thoma (Hrsg.): *Handbuch Europäische Aufklärung*, Stuttgart/Weimar: J. B. Metzler, 2015.

远国家飞去的小鸟为止。

这些句子总能在我眼前展开一片芳香的树林，马蹄下树枝发出轻微的断裂声，树叶间漏下的光点覆盖在两人身上，一切仿佛一个铺满星光的白日之梦，清晰又迷幻，让人心中充满不知名的留恋之情。直到很多年后，当我再一次想起这段情节时，突然意识到，这是小人鱼一生中最快乐的时光，此时的她拥有一双人类的腿，行走在向往已久的土地上，被人间的温暖包围着，她的幸福就在这座郁郁葱葱的山上。她的一切痛苦都属于大海——她想要离开却逃不掉的故乡。生在一个错误的躯壳之中，在海底是个奇怪的孩子，只有在异乡才体会到一种如梦如幻的幸福，可就连这都只是个美丽又短暂的误会。童年的我读不懂小人鱼生命的悲剧，但童话中这段美丽的文字留在我心中，等到了我读懂它的那天。

所以，长大后的我发现，虽然常常被简单视作“儿童文学家”，安徒生确实是这世界上最好的作家之一，很少有人能像他一样写出如此富有场景感的句子。不过，近几年来，随着大众价值观的变化，人们开始重新阅读和评估这位经典得常常被读者遗忘的作家。儿童是否应该阅读安徒生？读者从女性主义的角度是否应该批判《海的女儿》那个悲哀中蕴含些许希望的结尾？甚至童话中善恶分明的理想世界是否会让当代青少年对复杂现实丧失警惕？我们这个在拼搏和

“躺平”之间摇摆的时代是否仍然需要安徒生?

从个人的角度来看，我认为阅读安徒生是很好的童年体验，但我不了解教育学和儿童心理学，无法对这些问题做出专业回答，在这里也无意在自己不熟悉的领域大放厥词。从文学研究者的角度来看，我认为这些问题非常重要，但它们应该是阅读安徒生的原因，而不是拒绝阅读的原因。

我们总是忘记，阅读别人的作品，最重要的目的不是在投自己所好的作品中确定和证实自己原本的观念，而是感受世界的参差，直面不同观念碰撞造成的困境，由此被引领着，做出自己的思考，主动选择接受或拒绝作者呈现给自己的观念，并且知道自己为什么接受或拒绝。简单说，理想的阅读是读者和作者进行精神交流的过程，如果读者不愿进入作者的文本，只想通过概括主要内容和中心思想把艺术作品简单化，就相当于一边读书一边一遍遍强调自己固有的观念，徘徊在作品的世界之外。一旦放下既有的偏见，踏入书中的世界，读者就会在阅读之时按照作品世界中的规则重新建立自我——把自己代入书中。合上书本后，已经经历过这场重建的自我可能和阅读之前没太大区别，但这并不代表阅读没有意义：打散和构建自己的过程本身就是很有意义的，因为这正是读者的精神无意识地与作者针锋相对，在交流和对抗中认识和拓展了自己的界限，从根本上讲是一种反思，反思则是从一元的浑噩走向现代多元认知的必经之路。偶尔阅读一些让自己有不认同感或挫败感的作品，正好可以让你我的内心世界保持清醒和理智。

不过我想到阅读安徒生的作品，其实不需要读者从“阅读”这个行为本身的意义出发，如此这般地纠结一番。安徒生的作品属于优秀的现代文学作品，因为它们描绘的是欧洲市民时代以来的现代社会，不仅从题材上体现现代性的方方面面，而且常常蕴含着多种意义层次，为读者提供多元的阅读视角。尤其是安徒生童话，这些既写给儿童又写给成年人的优美篇章中充满纯真的赤子情怀，同时蕴藏了一份成年人才读得出来的温柔和惆怅。如今，通过文本分析和对安徒生书信及日记等材料的研究，我们已经知道，这份有些自嘲之意的怅然源自作家和大众之间的隔阂。这种隐秘的辛酸，人人都在某些时刻体会过，却伴随了作家的一生。在这种意义上，安徒生童话中那种带有神性的童真，或许真的是作家在自己忧郁世界中救命稻草般的最后希望：小美人鱼为了让王子活下去而牺牲自己，在那方绝望的汪洋之上，这是她唯一的出路。我们这个时代的读者可能无法认同她这个具有宗教意味的选择，可仅仅通过当下的女性主义视角，也无法用简单的性别角色解释清楚她身上超然的勇气和善良。这个角色是作者自身的投射，安徒生在小美人鱼身上具有神性的童真中寄寓了希望，这希望又被托付给遥远的未来，此刻只是个虚无缥缈的梦想。就连这样一个对彼岸的信念都被抹上了几分自嘲的色彩，作家对信仰、童真和爱的态度，或许不像我们一直以为的那样简单直白。看似生活在幸福之中的安徒生一生都没有被自己身边的世界完全接纳过，他对童真的信仰正说明了他在现实生活中的惆怅和不甘。他的作品不是现实生活的忠实写照，而是一个天生的“异类”在这个格格不入的世界中碰壁和求索的体现。

这些微妙的意义，童年的我们初次阅读安徒生时可能觉察不到，长大后与安徒生重逢时或许能够隐隐约约体味到一点，只有在对作家及其时代背景有一定了解后才能明白。正因如此，我写下了这些文章，把它们献给那些多年后和安徒生重逢的人。